AF391480

iPod et minijupe
au 18e siècle

Louise Royer

iPod et minijupe
au 18e siècle

David

Catalogage avant publication de Bibliothèque et Archives Canada

Royer, Louise, 1957-
    iPod et minijupe au 18e siècle / Louise Royer.

(14/18)
ISBN 978-2-89597-168-9

    I. Titre. II. Collection : 14/18

PS8635.O956I66 2011   C843'.6   C2011-900847-5

Les Éditions David remercient le Conseil des Arts du Canada,
le Secteur franco-ontarien du Conseil des arts de l'Ontario et la
Ville d'Ottawa. En outre, nous reconnaissons l'aide financière du
gouvernement du Canada par l'entremise du Fonds du livre du Canada
pour nos activités d'édition.

Les Éditions David   Téléphone : 613-830-3336
335-B, rue Cumberland   Télécopieur : 613-830-2819
Ottawa (Ontario) K1N 7J3   info@editionsdavid.com
www.editionsdavid.com

À mon mari, Philip, qui n'a jamais cessé de m'encourager à coucher sur papier l'histoire et les personnages qui me trottaient dans la tête.

CHAPITRE 1

L'apparition

La chambre de l'auberge se devine sous le seul éclairage de la lune s'infiltrant par la fenêtre. La scène est sans âge, le lieu, universel. L'homme se lève enfin, récupère ses vêtements qu'il enfile sans se presser. La femme flâne au lit et savoure l'instant de répit. Elle devra sous peu descendre solliciter un autre client. L'homme, prêt à sortir, se retourne.

– Tiens, voilà pour toi. Un petit supplément pour ce bon moment.

Il lui lance une pièce argentée et la quitte sans autre salutation. La femme s'empare de l'argent et lui donne l'angle voulu pour le contempler dans la pénombre. Dans ses doigts, brille une pièce d'un franc à l'effigie de Louis XV.

*　　*
*

Nicolas de Charenton se sent tout ragaillardi. Il descend au rez-de-chaussée d'un pas souple et assuré qui convient bien à ses vingt ans. Toute sa personne respire l'aisance de la bourgeoisie privilégiée. Un port de tête noble, pour quelqu'un qui ne l'est pas, le distingue. Ses cheveux blonds pourraient napper ses épaules, s'ils n'eussent été attachés par un ruban de velours noir derrière son dos. De taille moyenne, il est vêtu d'une veste bleu foncé assortie à un pantalon qui, à la mode du temps, s'arrête sous les genoux. Des bas, bleus également, couvrent le reste de la jambe et disparaissent dans des bottes qui ont déjà goûté plus d'une ornière ce jour-là.

Nicolas fait du regard le tour de l'assemblée. Un feu réconfortant ajoute à la suie des murs de l'établissement. Toutes les phases de l'ivresse y sont représentées : du gaillard aux joues rougies par le froid et aux doigts bleuis par le gel, qui exige son premier gobelet avec véhémence, jusqu'au soûlard endormi sous la table, l'esprit dans les vapeurs d'alcool. La majorité des clients se trouvent à la phase mitoyenne, celle de la jovialité bruyante. Nicolas salue un compagnon qu'il a quitté un peu plus tôt et lui fait comprendre, par mimiques, son départ. L'autre lui rend son salut d'un geste de la main, puis remet son nez dans le corsage de la grisette qu'il retient sur ses genoux.

Le jeune homme blond s'enveloppe d'une cape brune destinée à minimiser les attaques

  iPod et minijupe au 18ᵉ siècle

de la température exceptionnellement glaciale, en ce 27 novembre 1767. Il enfonce son tricorne jusqu'aux oreilles et s'assure que son épée joue librement dans son fourreau. Ainsi protégé contre le froid et les hommes, il s'aventure dans la ruelle du quartier du Marais. Gare aux brigands qui verraient en lui un homme seul et grisé car, pour mieux profiter des plaisirs sensuels, il a limité sa consommation d'alcool. Son dernier et unique verre de vin de la journée date déjà de plusieurs heures. Sa concentration peut donc capter toute approche illicite. Il lui tarde bientôt de sortir de ce dédale de rues tortueuses où ses pieds s'enfoncent dans la gadoue et de rejoindre les routes plus fréquentées de la capitale du royaume. Il compte alors engager les services d'un fiacre pour le conduire chez lui, vers la chaleur et la respectabilité de la demeure du banquier Félix de Charenton.

Depuis son départ de la taverne, il ne rencontre âme qui vive. Nicolas presse le pas et se réconforte en voyant qu'il ne reste plus qu'un pâté de maisons à franchir. Cette dernière ruelle forme presque un tunnel tant les toits des maisons qui la bordent se rejoignent. La douce luminosité de la lune lui indique la voie au bout de la rue. Toutes les portes et fenêtres se trouvent hermétiquement fermées.

Soudain, il perçoit un léger crépitement qui le fait s'arrêter net. Il regarde de tous côtés et constate qu'il est seul. Pourtant, le bruit ne cesse pas et son intensification lui permet d'en localiser la source, quelque part droit devant lui, à une vingtaine de pas. Pourtant à vingt pas, il n'y a rien que de la boue et de l'eau, rien qui puisse être responsable de ce bruit. Sa raison s'acharne à chercher la provenance du son étrange, lorsqu'il voit apparaître des étincelles ressemblant à des lucioles. Sa logique reçoit une nouvelle attaque, car il doit reconnaître qu'il y a peu de chance que ces insectes puissent survivre au gel de l'automne parisien. Loin de mourir, les étincelles se multiplient. La ruelle en est bientôt éclairée comme en plein jour. Nicolas doit mettre sa main devant ses yeux, mais ne cesse de fixer le spectacle insolite avec toute la puissance de son incompréhension.

Les particules de lumière se regroupent dans un espace d'environ trois mètres de diamètre et se mettent à graviter autour du centre, telles des étoiles s'apprêtant à former une galaxie. Cette analogie ne vient pas à l'esprit de Nicolas puisqu'il ne connaît pas l'existence des galaxies, mais il peut constater que le phénomène attire les « lucioles » vers un point commun. En fait, le cœur des points lumineux devient plus dense et opaque et, à sa grande stupéfaction, une forme humaine commence à se dessiner. Quelques secondes de plus et il est à même de constater qu'il s'agit d'une femme. Le haut de son corps semble chaudement vêtu d'un épais manteau de couleur éclatante et les

 iPod et minijupe au 18e siècle

pieds, chaussés de courtes bottes. Une bonne partie de ses jambes est toutefois indécemment exposée, peu cachée par un bas de soie très fine. Les cheveux sont courts et bouclés. De longs fils blancs pendent de ses oreilles pour disparaître dans une poche à l'avant de son manteau. Sur l'épaule, elle porte un sac à deux larges poignées. Malgré son accoutrement bizarre, il ne doute pas de sa féminité. Tout d'un coup, il comprend qui elle est : l'Immaculée Conception ! Une apparition céleste devant lui, pauvre pécheur. Il tombe à genoux, tremblant, insensible au sol humide, joint ses mains et commence à s'accuser de tous ses péchés.

CHAPITRE 2

Le passage

– Mais où diable ai-je mis cette calculatrice ? s'exclame Sophie pour elle-même.

Debout devant sa table de travail, elle continue à fourrager dans les paperasses qui y sont éparpillées. Elle soulève pour la quatrième fois le manuel de laboratoire d'optique, comme si l'objet de ses recherches s'y était glissé depuis sa dernière fouille. Elle essaie une fois de plus de voir si la calculatrice est tombée par terre et, pour ce faire, pousse la chaise. L'outil électronique fait son apparition sur le coussin brodé.

– Ah, la voilà ! Ce n'est pas trop tôt. Bon, voyons maintenant. Que me faut-il apporter aujourd'hui ? J'ai une heure de mécanique quantique, donc les notes de cours. Ensuite une heure libre. Je devrais commencer le devoir d'électromagnétisme. Donc, le bouquin. Ensuite, j'ai un lab. Hum, quel en est le sujet aujourd'hui ? Distribution de Poisson et radioactivité. Donc, mon cartable. Maintenant, il me faut un roman pour l'autobus. Ah, ciel! j'ai presque fini ce premier volume. Mieux vaut apporter le deuxième aussi sans quoi je n'aurai plus rien à lire en revenant. Où est-ce que je l'ai rangé? Ah, le voilà! *Les misérables*, deuxième volume. J'oubliais. Il me faut rapporter le *Time* de Pierre. Ça fait déjà deux fois qu'il le réclame. Il ne me reste plus qu'à trouver mon porte-monnaie, mon iPod et je suis prête.

Comme tous les matins, le tout aboutit dans un sac à dos qu'elle a bien du mal à fermer. Un dernier coup d'œil à sa montre confirme son retard. Elle retouche en vitesse son mascara et enfile ses bottes. Elle a opté aujourd'hui pour des vêtements confortables : un chandail à col roulé et une jupe dont elle raffole. Pas le meilleur choix pour une froide journée de décembre, étant donné le peu de tissu que la jupe a nécessité au tailleur, mais elle sait qu'elle n'a qu'un court trajet à faire dans la ruelle jusqu'à l'arrêt d'autobus. Son manteau d'hiver, quoiqu'assez court, la gardera au chaud. Après une bise rapide à sa mère et la promesse d'être à la maison pour le souper, car elle a trop de devoirs pour aller à son club de judo, elle quitte la maison d'un pas pressé.

* *

*

                               iPod et minijupe au 18ᵉ siècle

Le lab a été interminable. Un exemple parfait de la loi de Murphy. Un compteur Geiger qui rend l'âme en plein milieu de l'expérience. Une source radioactive qui ne connaît de Poisson que ce qui se passe le premier avril. Pour comble, Pierre n'est pas venu... Elle a dû travailler seule en plus d'avoir traîné sa revue *Time* pour rien. Sophie se réjouit de rentrer à la maison où l'attend un bon souper. Sa mère aura fini d'enseigner le piano pour la journée. Son père sera rentré du travail et tentera d'oublier ses responsabilités d'ingénieur civil pour la soirée. Son frère, Mathieu, sera en train de tuer le temps et des personnages de jeux vidéo en attendant d'assouvir sa faim. Dans l'autobus, Sophie a relégué les tracas de la journée à l'arrière-plan en lisant les malheurs de Jean Valjean et Fantine tout en écoutant un classique des Beatles. Il ne lui reste plus que 10 mètres de marche.

La ruelle est déserte et peu éclairée, comme à l'accoutumée. Soudain, un vertige, un éblouissement. Sophie porte la main à son front et ferme les yeux un court instant. Lorsqu'elle les rouvre, elle se trouve toujours dans une ruelle, mais pas la même. Les murs la pressent davantage. Un jeune homme est agenouillé à cinq mètres d'elle et marmonne des propos qu'elle ne peut entendre, car Paul McCartney continue à vanter les mérites de *Penny Lane* dans ses oreilles.

Hébétée, elle prend conscience de son nouvel environnement. Son sac à dos lui glisse de l'épaule, puis lui échappe des doigts. Ses deux poings fermés mettent ensuite beaucoup de zèle à lui frotter les yeux, dans le vain espoir d'effacer le tableau inattendu qu'elle a maintenant devant elle.

— Mais que s'est-il passé ? Qu'est-ce que je fais ici ?

Elle titube comme une ivrogne et tente de retrouver sa raison, elle aussi vacillante, pour essayer de comprendre les paroles de l'homme en posture de prière. Elle arrache le iPod de ses oreilles.

— Bonne Sainte Vierge, ayez pitié d'un pauvre pécheur, se lamente-t-il dans un français bizarre, proche du joual.

Sophie s'avance lentement vers lui, tout en faisant un ou deux tours sur elle-même pour avoir une vue complète de son entourage. Elle prête une oreille distraite à la série de péchés dont le jeune homme s'accuse. Elle note que les maisons tout en bois sont d'un style ancien. La nuit s'est assombrie bien que, brusquement, le ciel soit débarrassé de ses nuages et que la lune rivalise de brillance avec une multitude d'étoiles. Aucun lampadaire à l'horizon ne leur fait la compétition. Elle doit donc se satisfaire du peu de détails visibles. Une odeur fétide d'excréments et de déchets imbibe l'air.

iPod et minijupe au 18e siècle

« On devrait avertir le service d'hygiène public. Quelle senteur! Pouah! » ne peut-elle s'empêcher de penser.

Son attention revient au jeune homme dont le chapeau est tombé dans une flaque d'eau près de lui. Le couvre-chef l'intrigue par sa forme, un tricorne encore en assez bon état. Elle note la queue-de-cheval sur le dos de l'individu. Une cape très ample masque le reste de son habillement.

« Ce doit être quelque excentrique! » pense-t-elle.

Elle s'accroupit près de lui. Il n'a pas arrêté sa litanie.

— Pardon, puis-je vous interrompre un instant?

Il s'arrête net et avale bruyamment, tout en fixant l'apparition avec une épouvante mêlée de respect.

— Pourriez-vous me dire où je suis? continue-t-elle.

— Vous êtes près du boulevard de Choisy à Paris, bonne Sainte Vierge.

— À Paris! Mais qu'est-ce que je fais à Paris, moi?

— Mais bonne Sainte Vierge, n'êtes-vous pas venue éprouver la foi de vos fidèles?

La moue qu'elle affiche laisse pleinement transparaître ce qu'elle pense de son explication.

— Et comment suis-je arrivée ici?

Le jeune farfelu ne répond pas. Son attention est attirée par un bruit de pas sur le pavé du boulevard, au bout de la ruelle. Il se relève rapidement et s'interpose entre elle et les passants. Il a l'audace, qui le fait trembler davantage, de la tirer vers le mur.

— Mais qu'est-ce qui vous prend ? s'exclame-t-elle.

— Chut ! l'interrompt-il, l'index sur ses lèvres.

Il regarde derrière lui et voit passer deux miliciens, la baïonnette sur l'épaule. Les deux hommes ne daignent pas sortir leur nez du collet relevé de leur manteau et dépassent la ruelle, sans même y jeter un coup d'œil. Lorsque finalement Sophie se penche pour voir derrière son interlocuteur et identifier la source des bruits de pas, les miliciens ont déjà disparu.

— M'expliquerez-vous à la fin ce…

— Pardonnez-moi, bonne Sainte Vierge, me permettriez-vous une suggestion ?

— Dites toujours.

« Il commence à m'énerver celui-là avec ses *bonne Sainte Vierge*. »

— Il est dangereux de rester ici. Quelqu'un pourrait venir à tout moment. Ne vous ayant pas vu apparaître comme moi…

— Justement ! Comment suis-je app…

— … ils pourraient se méprendre à la vue de votre habillement, ne pas reconnaître en vous la sainteté que vous êtes. On pourrait vous importuner. Laissez-moi vous conduire chez moi, où je répondrai à toutes les requêtes que vous daignerez bien me soumettre.

— Bon, d'accord. Je ne serais pas peu fière de sortir de ce froid.

— Oh, dans ce cas, veuillez accepter ma cape et mon chapeau.

D'un geste rapide, il enlève la lourde mante et en enveloppe les épaules de la jeune fille. Il ramasse son chapeau qu'il essuie d'un revers de manche et le dépose cérémonieusement, telle une couronne, sur la tête bouclée de sa Sainte Vierge. Sophie va protester que son propre manteau est bien assez chaud lorsqu'elle aperçoit l'accoutrement du jeune homme, que l'absence de cape dévoile. Son regard s'attache tout particulièrement à l'épée, mais elle note aussi le long manteau aux revers de manches énormes, entrouvert sur un pantalon qui s'arrête juste en bas des genoux, le genre de pantalon que des amis de ses grands-parents utilisent pour faire du ski de fond. Elle n'a pas le temps de le détailler davantage, car il s'éloigne en l'invitant à le suivre d'un geste plein de respect. Éberluée, elle s'exécute avec tout juste la présence d'esprit de ramasser son sac à dos. Ils atteignent le boulevard. En comparaison avec la ruelle, la nouvelle route est assez large et pavée, mais à l'ancienne avec des briques arrondies. Lorsqu'elle est venue à Paris l'an dernier, elle a dû manquer ce quartier où toutes les résidences possèdent le caractère vieillot des siècles précédents. Ce qui la frappe le plus est l'absence d'automobiles. Ça doit être une de ces rues piétonnes ! Son étonnement s'accentue lorsque son compagnon l'entraîne vers une carriole attelée à un cheval.

« Ce n'est guère le temps de jouer les touristes ! Peut-être n'est-il pas prudent de suivre cet énergumène habillé comme pour un bal costumé », pense-t-elle.

N'ayant toutefois rien de mieux à faire et rassurée par la promesse qu'il lui a faite de tout lui expliquer, elle accepte la main qui l'aide à monter dans le fiacre. Nicolas échange quelques mots avec le cocher, une espèce de tas informe enveloppé de toiles d'où sortent un nez et deux mains. Le jeune homme s'assoit près d'elle sans pour cela la toucher. Il referme ses mains sur ses avant-bras pour essayer de compenser pour la perte de son manteau et, bien sûr, n'y réussit pas. Le voyage dure environ dix minutes. Aucune parole n'est échangée. Elle aurait été couverte par le bruit des sabots et des roues. Sophie voudrait voir où elle va, mais chaque cahot la rejette sur son siège. L'obscurité lui nuit tout autant. Finalement on s'arrête devant une grille entre deux murs de pierres. Nicolas descend et l'aide à faire de même. Il règle le compte avec l'homme du fiacre qui ne s'attarde pas.

*　　*

*

Nicolas fait jouer le mécanisme de la serrure et ouvre la grille. Il s'efface pour laisser entrer Sophie. Un chemin de pierraille assez large pour une voiture mène à une imposante demeure camouflée derrière deux saules pleureurs. Une lumière ambrée luit à une des fenêtres du rez-de-chaussée, dégageant une promesse de chaleur. Nicolas s'avance à pas feutrés jusqu'à la porte d'entrée et, muni d'une clé, tente de l'ouvrir en faisant le moins de bruit possible. Sans trop savoir pourquoi, il ne tient pas à ce que les domestiques la voient avant que sa sœur ne lui ait indiqué ce qu'il convient de faire avec une Sainte Vierge si courtement vêtue. Il entend remuer dans la maison et crie, à tout hasard, en entrebâillant la porte :

— Inutile de te déranger, Jacinthe.

— Monsieur n'a besoin de rien ?

— Non. Non. Rien. Retourne dormir.

Un bruit de porte qui se referme lui parvient de l'étage supérieur. Il s'assure que le couloir et le salon sont déserts, puis invite la divinité à entrer. Un feu expire dans la cheminée. Les deux nouvelles bûches qu'il y jette le rendent à la vie.

— Veuillez vous mettre à votre aise, dit-il avec déférence. Si vous le permettez, j'aimerais inviter ma sœur à nous rejoindre.

— Ah, bien sûr, faites, répond-elle. « Avec un peu de chance, la sœur va être moins bizarre que le frère ! » se dit-elle.

Nicolas disparaît, en ayant bien soin de refermer les portes vitrées derrière lui. Sophie fait des yeux le tour de la pièce. Le salon réjouirait un antiquaire. Les meubles anciens n'ont jamais eu beaucoup d'intérêt pour elle. Elle estime toutefois reconnaître une causeuse en très bon état, qui doit dater du 18ᵉ siècle. Le tissu semble neuf. On a dû la rénover tout récemment. Sophie se défait du chapeau et de la cape, qu'elle dépose sur un fauteuil. Elle enlève son propre manteau qu'elle y laisse avec son sac à dos. Elle le regrette tout de suite, car la pièce n'est chauffée que par le foyer. Elle s'en approche pour y exposer les paumes de ses mains et tenter de faire le point.

Que s'est-il passé ? Elle est partie de l'université vers 17 h 45. Comme elle met habituellement 45 minutes pour se rendre à la maison, il devait être environ 18 h 30 lorsqu'elle est arrivée à la ruelle qui y mène. Elle se souvient de s'être alors sentie mal. Peut-être s'est-elle évanouie ? Elle consulte sa montre : 19 h 05. Elle note toutefois que l'horloge grand-père, dans un coin du salon, marque 21 h 00.

« Étrange ! Un nouveau mystère ! L'horloge est vieille. Peut-être n'est-elle qu'une parure ou peut-être est-ce ma montre qui s'est brisée », pense-t-elle.

Elle vérifie la date sur sa montre. Encore la même que ce matin.

« J'ai dû mal entendre lorsqu'il a dit Paris, car à moins que ma montre ne soit détraquée, j'ai traversé l'Atlantique en moins de 35 minutes ! » se dit-elle.

Pendant ce temps, Nicolas monte à l'étage et cogne tout doucement à la porte de sa sœur.

— Élyse, dors-tu ? fait-il tout bas.

— Nicolas ! C'est toi ? Non, j'écris des lettres. Entre.

Il ne se le fait pas dire deux fois. Élyse est à son pupitre. Elle ne s'est toujours pas préparée pour la nuit. Elle n'a jeté qu'un châle sur ses épaules déjà recouvertes d'une robe en laine bleue. Deux chandelles éclairent une feuille à moitié noircie d'une écriture fine.

— Oh ! Élyse, il m'est arrivé une chose extraordinaire. Il faut que tu la voies. Elle est au salon, débite-t-il en faisant irruption dans la chambre.

— Mais qu'as-tu donc ? Tu me sembles bien excité !

— On le serait à moins ! Ne la faisons pas attendre !

— Qui ?

— Elle ! L'Immaculée. Viens. Je t'en prie.

Nicolas retraverse le seuil et piétine dans le couloir. La curiosité et un brin d'inquiétude la persuadent d'abandonner sa plume. Nicolas est déjà dans l'escalier, regardant fréquemment derrière lui pour s'assurer qu'elle le suit. Il l'attend devant les portes vitrées. Sans lui laisser le temps de poser une seule question, il pousse les battants et lui fait signe d'entrer. Elle s'exécute. Il referme la porte derrière eux.

Sophie se retourne au bruit des pas. Les deux jeunes filles se dévisagent. Il est difficile de dire laquelle des deux est la plus surprise par la toilette de l'autre. La première, Sophie retrouve l'usage de la parole :

— Mais qu'est-ce que c'est que ces accoutrements à la fin ? Vous vous croyez au 18e siècle ou quoi !

Le frère et la sœur échangent un regard surpris, puis Élyse riposte :

— Mais nous sommes au 18e siècle !

— C'est une farce n'est-ce pas ? Dites-moi que c'est une blague.

— Non. En quel siècle vous croyez-vous ?

— Mais au 21e siècle, bien sûr ! répond Sophie d'un air complètement convaincu. Le 5 décembre 2009, pour être exacte.

Élyse retrousse son joli nez en une moue sceptique et prend Nicolas à part. Elle lui souffle :

— Mais où es-tu allé chercher cette illuminée ? Elle est complètement folle !

— Oh non ! Ne vois-tu pas ? s'écrie-t-il. Il s'agit de Notre-Dame, de l'Immaculée Conception réincarnée !

— Ah ça ! Mais c'est toi qui es devenu fou, ma parole !

— Je ne suis pas fou. Je l'ai vu apparaître devant mes yeux !

— Tu auras trop bu, alors !

— Je n'ai pas trop bu ! s'exclame Nicolas qui commence à s'échauffer. Un verre de vin au

    iPod et minijupe au 18e siècle

plus au dîner. Écoute un peu. Je me trouvais dans l'allée de l'Aveugle, de retour du quartier du Marais...

— Que faisais-tu dans ce quartier ? C'est un lieu infâme !

— Je, euh, je, bafouille un Nicolas rouge jusqu'aux oreilles, regardant furtivement du côté de l'apparition, certain que la Mère de Dieu ne peut ignorer l'épisode de l'auberge.

Un sourire moqueur se dessine sur les lèvres de Sophie, mais aucune dénonciation ne suit. Il parvient à se rattraper en disant :

— Dieu est mon témoin. Il connaît mon repentir pour toutes les mauvaises actions dont j'ai pu me rendre coupable. Peu importe pourquoi, je me trouvais dans cette allée. Elle était déserte et puis il y a eu toutes sortes d'étincelles qui se sont mises à tourbillonner comme dans un siphon. Là où il n'y avait rien, Elle m'est apparue ! Tu comprends maintenant qui Elle est, n'est-ce pas ? C'est bien là ce qui s'est passé. Je le jure, sur Notre-Seigneur Jésus-Christ, son fils, termine-t-il en indiquant Sophie.

Sophie le regarde maintenant d'un air abasourdi, une main sur la joue et les yeux écarquillés.

— Ciel ! Serait-il possible que j'aie fait un voyage dans le temps ? laisse-t-elle échapper. Et dans l'espace aussi, car n'avez-vous pas dit que nous sommes à Paris ?

— Oui, c'est cela, répond-il.

— C'est extraordinaire. Peut-être suis-je en train de rêver ?

Elle se pince avec conviction, mais cela n'a aucun autre effet que de laisser une marque rouge sur son avant-bras.

— Pourtant non. Je suis bel et bien réveillée ! poursuit-elle, l'air rêveur.

— Qui êtes-vous ? interroge Élyse, loin de partager l'avis de Nicolas à propos de l'identité de la visiteuse.

— Oh, c'est vrai ! Je ne me suis pas encore présentée. Mon nom est Sophie Dumouchel. Je ne suis pas la Sainte Vierge. Désolée ! Je ne suis qu'une voyageuse involontaire de l'espace-temps, il me semble. Puis-je vous demander également vos noms ?

— Mais bien sûr, je suis Élyse de Charenton et je suppose que Nicolas s'est déjà présenté.

— Non, je n'en ai pas encore pris le temps. Pardon, réplique-t-il.

Dans son for intérieur, il a supposé que la Sainte Vierge devait connaître ses pensées les plus intimes, à plus forte raison son nom.

— Eh bien, Élyse, Nicolas, poursuit Sophie, permettez-moi de vous raconter ma version des événements. Je revenais tout bonnement chez moi en banlieue de Québec. On était, comme je l'ai déjà dit, le 5 décembre 2009. Je me suis sentie subitement étourdie. J'ai fermé les yeux deux secondes ou ce qui m'a semblé être deux secondes. Lorsque je les ai ouverts, je me trouvais dans une ruelle malodorante et

Monsieur était agenouillé devant moi. Je n'ai aucune idée de la manière dont le passage entre les deux siècles a eu lieu. Mais il a eu lieu !

— Vous croyez donc bien sincèrement venir du futur ? s'étonne Élyse.

— Oh oui ! Mais j'y pense ! Il doit y avoir dans mon sac un tas de trucs pour le prouver !

Sophie se précipite vers le sac à dos et son manteau. Elle s'empare de l'iPod.

— Tenez. Voici une invention qui permet de montrer des images et de reproduire de la musique. Vous n'avez sûrement pas cela ici. Laissez-moi choisir de la musique classique. Voilà. Neuvième symphonie de Beethoven.

Élyse et Nicolas sursautent dès les premiers accords. Sophie laisse l'objet entre les mains d'Élyse qui s'en émerveille.

— Quelle étrange petite boîte à musique !

Sophie retire ensuite du sac le magazine qu'elle met sous le nez de Nicolas.

— Regardez bien la date, en haut sur la couverture : *November, 2009*. C'est en anglais. Ça veut dire novembre 2009. Voilà. Noir sur blanc. J'ai aussi les deux premiers volumes d'un roman écrit au 19ᵉ siècle. Si j'avais su, j'aurais apporté le troisième ! Oh oui, voilà mon livre d'électromagnétisme. Un bijou introuvable au 18ᵉ siècle. Encore une fois, remarquez la date de *copyright* : 2005 !

Élyse s'empare de la revue. Les images qu'elle y voit montrent un tas de détails réalistes même si l'ensemble du tableau tient

plutôt du fantasme. Le dessin de deux bâti-
ments incroyablement hauts doit être, selon
elle, la création d'un artiste talentueux et dé-
bile. En feuilletant le magazine, elle tombe sur
un court article dont Sophie traduit le titre
comme étant *Il y a de cela 29 ans* et qui est
accompagné d'une illustration montrant deux
femmes affublées de jupes très courtes. Le de-
gré de nudité la choque, ce qui lui rappelle son
étonnement à la vue de Sophie.

— Et c'est ainsi qu'on s'habille au 21ᵉ siècle ? fait-elle avec une moue puritaine où
toutefois se glissent un soupçon d'envie et un
frisson de délices.

Sophie se prend à rougir et tente vainement de tirer sur sa jupe.

— Je, euh, oui, balbutie-t-elle, la mode a
beaucoup changé en plus de deux siècles.

— Comment peut-on avoir l'audace de se
promener dans la rue avec une jupe aussi
courte ? C'est indécent ! C'est immoral !

— Je répondrai à cela que la décence et la
moralité sont des denrées relatives. Elles évo-
luent avec l'opinion de la majorité. Au 21ᵉ siècle, dans mon pays, beaucoup d'entre nous
portent de telles jupes, il est normal de le faire
sans crise de pudeur ou de conscience. Je suis
prête à concéder qu'au 18ᵉ siècle il en était
autrement. Je ne sortirais pas vêtue de la sorte
en plein jour ici, non par décence, mais plutôt par respect de la norme, pour éviter de

me faire remarquer. Au fait, en quelle année sommes-nous exactement ?

— Le 27 novembre 1767, répond Nicolas.

— 1767, 1767, hum, c'est avant la Révolution ça, commente-t-elle tout haut.

— La Révolution ! Quelle Révolution ? interroge Élyse en fronçant les sourcils.

— Je, euh, je euh, rien, ce serait trop long à expliquer, indique-t-elle en hésitant, consciente du caractère sable mouvant d'un tel sujet. Qui règne à votre époque, Louis XV ou Louis XVI ?

— Louis XV.

— Louis XV…, reprend Sophie d'un air concentré. Il ne lui en reste pas tellement long. J'ai vu un film une fois sur Marie-Antoinette avec Kirsten Dunst et je crois que Louis XVI est devenu roi lorsqu'il était plutôt jeune. À 19 ou 20 ans, peut-être.

— Louis XVI ? Mais de qui parlez-vous ? Du dauphin ? Louis Auguste, Duc de Berry ?

— Oui, je suppose. Je ne sais pas. Quel âge a-t-il ?

Le frère et la sœur échangent un regard.

— Je me souviens, reprit Nicolas. Il est né l'été où maman est morte, en 1754. Il doit avoir 13 ans.

— Bon, cela veut dire qu'il reste 6 à 7 ans à Louis XV, conclut Sophie.

Un silence suit ces paroles. Chacun les digère à sa façon. Soudain, Sophie paraît se réveiller, une expression effrayée sur le visage.

— Mais c'est que je ne veux pas rester ici moi ! Je n'ai pas de place au 18e siècle. Je veux retourner là d'où je viens.

— Bien sûr, mais comment comptez-vous faire cela ? demande Élyse.

— Je ne sais pas. Peut-être puis-je repartir du même endroit où je suis arrivée ? Il y a peut-être là un passage entre les deux siècles. Je ne vois pas d'autres façons. Oh ! Pouvez-vous m'y reconduire, je vous en prie ? implore-t-elle en fixant Nicolas des yeux.

— Eh oui, bien sûr. J'attelle le carrosse. Élyse, peux-tu lui prêter une de tes mantes pour la dissimuler aux regards indiscrets ?

— Oui, je cours la chercher.

Sophie se retrouve seule de nouveau. Elle remet d'abord tous ses livres éparpillés, son iPod et sa calculatrice dans son sac à dos, puis enfile son manteau. Elle examine la pièce sous un nouvel angle. Elle cherche l'anachronisme qui confirmerait l'impression de filouterie qui l'assaille. N'est-on pas en train de lui jouer un tour monumental ? Qui ferait cela ? Et pourquoi recréer un tel décor ? Jusqu'à preuve du contraire, il faut donc croire qu'elle est bel et bien au 18e siècle. Si un retour au 21e siècle lui était assuré, elle se laisserait entraîner à explorer ce monde de jadis pendant quelque temps. Dans les circonstances actuelles, elle ne désire que repartir. Elle n'en fixe pas moins la pièce dans sa mémoire. Élyse revient avec une large mante bourgogne sur le bras, qu'elle tend à la visiteuse :

— Voilà, ceci devrait vous dissimuler.

— Merci, je la laisserai à Nicolas lorsque nous approcherons du point d'arrivée.

Un silence gêné s'établit entre les deux jeunes filles. Elles le comblent en se souriant.

— Vous croyez vraiment pouvoir repartir comme vous êtes venue ? demande Élyse pour briser la tension.

— Oh, je ne sais pas. Ça me semble la seule chose à essayer. Il s'est peut-être créé un passage entre nos deux siècles à cet endroit-là, à ce moment-là. J'ai seulement eu le malheur de m'y trouver. Mon espoir est que ce passage ne se soit pas refermé. C'est une bien piètre explication, je sais, mais c'est la seule qui me vienne à l'esprit pour le moment.

— Et le 21e siècle, est-ce que c'est bien différent d'aujourd'hui ?

— Oh oui ! Je n'ai pas vu grand-chose depuis mon arrivée, une ruelle noire, le fond d'une calèche et ce salon, mais si tout le reste est comme il est décrit dans les livres d'histoire, je parie que vous pourriez à peine imaginer le monde dans 240 ans.

— En tout cas, j'ai pu constater, dans votre magazine, que les femmes ont raccourci leur jupe et les maisons ont grandi. Est-ce là tout ce qui a changé ?

— Ciel non ! Il n'est pas un aspect de la vie qui n'ait été touché par le temps et le progrès :

les transports, les communications, la gouvernance, les attitudes, les mœurs. Tout, tout a changé.

— Vous avez un livre sur l'électromagnétisme. C'est un sujet en sciences naturelles n'est-ce-pas ? Seriez-vous savante en ces matières par hasard ?

— Savante non, mais probablement que j'en connais un peu plus long sur le sujet que vos physiciens. J'étudie la physique à l'Université Laval à Québec. C'est d'ailleurs de là que je revenais ce soir avant ce détour de quelques siècles.

— L'université ! Mais les femmes n'y sont pas admises !

— Elles le seront au 21ᵉ siècle.

— Vraiment ! Mais c'est merveilleux. Je voudrais tellement en savoir plus sur les mathématiques et les sciences, mais tous mes tuteurs ne font que répéter qu'un tel enseignement ne convient pas aux dames.

— Quelle perte ! Et quelle attitude stupide ! Tenez, si je vous laissais mon livre d'électromagnétisme. Vous pourriez vous instruire, à la barbe de tous ces obtus.

Sophie a déjà sorti son livre du sac à dos lorsqu'elle arrête son mouvement :

— Euh, peut-être vaut-il mieux que je ne laisse aucune trace derrière moi ? Que se passerait-il si quelqu'un d'autre entrait en possession de ce livre et prenait le crédit des découvertes qui y sont décrites ? Cela changerait le futur, mon présent. Je suis désolée. Je crois qu'il vaut mieux que je le garde.

* *
*

Nicolas annonce que le carrosse est prêt. Les deux jeunes filles se font des salutations rapides. Sophie s'enveloppe de la mante et rabat le capuchon sur ses yeux. Nicolas et Sophie ressortent dans le froid de la nuit, dont témoigne la buée sortant des naseaux du cheval. Un fanal éclaire la voie. Sophie prend place dans le carrosse, attentive cette fois à toutes les sensations et impressions auxquelles elle est soumise. Malheureusement, le fanal n'éclaire qu'un faible rayon de ce monde ancien et elle ne peut discerner que des ombres et des visions fugitives. Nicolas lui tend la main pour descendre. Ils ont atteint leur destination. Il s'empare du fanal et lui indique l'entrée de la ruelle. L'allée de l'Aveugle, ainsi éclairée, montre les immondices qui, jusque-là, ne laissaient deviner leur présence que par leur puanteur. L'endroit est tout aussi désert qu'auparavant. À l'embouchure, Sophie s'arrête :

— Vous êtes certain que c'est bien ici.

— Oui, répondit-il avec fermeté. À une vingtaine de pas, tout droit.

— Montrez-moi l'endroit exact alors.

— Pour ce faire, il me faudrait laisser le carrosse et le cheval sans surveillance, ce qui pourrait être dangereux. Mais si c'est là votre souhait, je m'y soumets.

– Non, non. J'irai seule. C'est probablement une meilleure idée. Sait-on jamais ce qui pourrait vous arriver! Puis-je emprunter le fanal?

Nicolas acquiesce. Sophie entre dans la ruelle en longeant les murs. Après un moment, elle reconnaît une porte. Des empreintes de pas dans la boue lui permettent de repérer où elle a tourné en rond, son point d'arrivée exact.

Elle se départit de la mante qu'elle laisse près du fanal. Elle s'approche de l'endroit indiqué par les traces de pas. Elle insère ses talons dans les enclaves de boue. Elle ferme ensuite les yeux et attend.

CHAPITRE 4

L'adaptation

Des grattements sur la porte la réveillent. Elle ouvre un œil et ce qu'elle voit la convainc qu'elle dort encore.

– Sophie, êtes-vous réveillée ? entend-elle.

Cette fois plus de doute, elle est parfaitement consciente. Elle s'assoit carrément dans le lit comme sous l'effet d'un ressort. Les grattements sur la porte se font plus pressants.

– Sophie ? répète-t-on.

– Oui, oui, je viens. Oh ciel, qu'il fait froid ici !

Elle saute du lit et accourt pour ouvrir à Élyse. Celle-ci entre avec l'air furtif et excité d'une gamine qui prépare une surprise. Elle a les mains pleines d'une montagne de tissus, d'un assemblage compliqué qui ressemble à une cage, le tout surmonté par une perruque. Elle annonce qu'elle doit retourner chercher d'autres accessoires, puis revient tout autant chargée. Finalement, Élyse prend le temps de détailler son invitée et de demander :

— Avez-vous bien dormi ?

— J'ai eu du mal à m'endormir. J'espérais me réveiller ailleurs. Oh, ne prenez pas offense de ce que je viens de dire ! J'espérais vaguement que tout ceci ne fût qu'un rêve.

Elle veut dire un cauchemar, se retient par politesse et conclut :

— Il me faut donc m'habituer à cette réalité !

— Je me ferai un devoir de vous prouver que cette réalité n'est pas si mauvaise. Mon présent vaut bien votre futur, j'en suis certaine.

— Je ne demande qu'à en être convaincue.

— Pourquoi vous êtes-vous rhabillée dans vos propres vêtements, ce matin ?

— Je m'excuse. Je n'ai pas mis la chemise de nuit. Il faisait si froid, je n'ai pas eu le courage de me dévêtir.

— N'empêche qu'il va falloir le faire ce matin. Commençons d'abord par les chaussettes, les jarretières et les chaussures.

— Est-ce qu'il y a une raison pour commencer par cela ?

— Bien sûr, car après que vous aurez mis le corps à baleines, vous ne pourrez plus atteindre vos pieds.

Sophie regarde sa compagne d'un air horrifié.

— Le corps à baleines ?

Élyse indique l'objet en question. Sophie reconnaît un corset et pousse un grognement de dépit.

— Est-ce qu'il faut vraiment porter ça ?

— Oui. Allez. Enlevez vos propres chaussettes.

Sophie soulève sa jupe pour tirer sur la taille de ses bas de nylon et produit en même temps une exclamation de surprise de la part de son hôtesse.

— Vos chaussettes sont en fait un pantalon ! Et que portez-vous là, sous votre jupe ? s'exclame Élyse.

— Ma petite culotte ! Ne portez-vous pas aussi des sous-vêtements ?

— Rien de tel ! Il va vous falloir l'enlever, sinon il vous sera impossible de faire vos besoins pendant la journée.

— Oh ! fait Sophie en rougissant.

Élyse s'empare des bas de nylon.

— Quelle soie ! Je n'en ai jamais vu d'aussi fine ! s'exclame-t-elle.

— Oh ! Ce n'est pas de la soie, il s'agit de nylon, une fibre synthétique. Je sais pertinemment combien cette explication est creuse, mais je ne sais pas quoi dire de plus sans en venir à une dissertation sur les produits pétroliers.

— Tenez. Voici des chaussettes de laine plus adéquates pour le temps et quand je dis temps, c'est dans les deux sens. Un bas de soie serait trop mince pour le temps qu'il fait. Essayez ces chaussures aussi.

Une fois chaussée, Sophie doit se départir du reste de ses vêtements pour continuer la transformation. Elle défait la fermeture éclair de sa jupe qu'elle glisse le long de ses jambes.

— Comme vous avez fait ça rapidement ! s'épate Élyse.

— Ah c'est vrai, je suppose que les fermetures éclair n'ont pas encore été inventées. Voyez vous-même.

Elle lui lance la jupe. Élyse s'en empare et fait jouer la glissière. Pendant ce temps, Sophie passe son col roulé au-dessus de sa tête.

— Quelle est cette chose, sur votre poitrine ? fait soudainement Élyse.

Sophie, vaguement inquiète, baisse les yeux.

— Mon soutien-gorge ?

— Est-ce le nom que vous donnez à ce vêtement qui ne cache que vos seins ?

— Ne me dites pas que cela aussi est nouveau ! Le soutien-gorge est tellement commun là d'où je viens... N'a-t-il pas toujours existé ? Pas de culotte, pas de soutien-gorge, mais alors que portent les femmes sous leur robe ?

— D'abord une chemise, répond Élyse en lui tendant l'article en question.

Sophie accepte la chemise et cherche en vain l'étiquette près de l'encolure qui lui aurait permis en temps normal de différencier l'avant de l'arrière. Avec une chance sur deux de se tromper, elle enfile la chemise. Sa compagne lui passe ensuite l'ancêtre du corset et l'informe qu'il se lace à l'avant. Sophie crie pitié lorsqu'Élyse tente de resserrer l'article sur sa poitrine. Élyse soulève ensuite ce que Sophie a pris pour une cage à première vue.

— Qu'est ce que c'est ?

— Les paniers. Il faut les installer autour de vos hanches.

— Les paniers ? hésite Sophie. C'est l'invention qui va m'empêcher de passer les cadres de portes, n'est-ce pas ?

— Non. Non. Pas vraiment. Il suffit de les franchir de profil.

— Vous m'en voyez soulagée, ironise Sophie.

— Ce n'est pas si terrible, rit Élyse. Ils servent même de poches pour y cacher des mouchoirs ou de la monnaie. Laissez-moi vous aider à installer les paniers sur vos hanches, puis les recouvrir de jupons et de la jupe. Il reste à fixer la pièce d'estomac au-dessus des lacets du corps baleiné et puis à attacher cette pièce à la robe.

Sophie se laisse faire et s'examine dans la glace. Sa coupe de cheveux tranche avec l'ensemble.

— Il vous faut cacher vos cheveux, confirme Élyse. Seules les femmes qui ont dû couper leurs cheveux pour les vendre, les portent aussi courts. Laissez-moi installer cette perruque sur votre tête.

— J'ai l'impression de me déguiser pour un bal costumé, commente Sophie...mieux encore, pour la pièce de Molière qu'on a montée au cégep. Voilà, je vais jouer un rôle au théâtre. Suis-je décente maintenant ? Est-ce que quiconque en me voyant pourrait penser que je ne suis pas de ce siècle ?

— Il faudrait pour cela qu'ils aient une imagination délirante.

Pendant que Sophie s'amuse à se faire des révérences devant le miroir, Élyse ramasse les vêtements éparpillés sur le lit. Elle fait tourner le tissu des bas de nylon entre ses doigts, puis tout à coup, comme une enfant tentée par le fruit défendu, elle demande :

— Puis-je les essayer ? La jupe et les bottes aussi ?

— Ah bien sûr ! Si ça vous amuse !, répond Sophie. Comme cela, je ne serai pas la seule à me déguiser.

Élyse ne se le fait pas dire deux fois. Elle détache la pièce d'estomac de sa robe, dont elle se défait. Après avoir desserré toutes les ganses autour de ses hanches, elle se débarrasse de sa jupe et de ses paniers comme un papillon sortant de son cocon. Tous ses autres vêtements ont tôt fait de rejoindre la masse de tissus. Elle s'empare des bas avec respect et soin. Elle les enfile sur ses jambes qui n'ont pas encore fait la connaissance du rasoir et n'auront pas à le faire, en toute probabilité. Elle s'étonne de la légèreté de la jupe et rougit du peu de cuisse qu'elle dissimule. Elle s'extasie du confort du chandail qui, sans l'étouffer, moule bien sa forme. Un frisson de plaisir dont elle se sent vaguement coupable lui picote la peau lorsqu'elle s'admire dans le miroir. Le fou rire la gagne.

— Qu'y a-t-il ? demande Sophie amusée par contagion.

— Oh, je venais seulement d'imaginer le visage de Madame de Mainville si je venais à une de ses rencontres sociales dans cette tenue. Et encore n'y aurait-il que des dames. Je n'oserais jamais me promener ainsi en présence d'hommes.

— Je n'ai pas l'intention de le faire non plus.

Le côté pratique d'Élyse refait surface.

— Je crois que j'apprécierais de ne pas avoir de jupe dans les jambes pour la liberté de mouvement, mais je crois qu'une jupe aussi courte en hiver, ça doit être terriblement froid.

— Je le concède. Si j'avais prévu rester longtemps dehors, j'aurais mis un pantalon. Sinon, une jupe est suffisante, car les maisons sont mieux chauffées au 21ᵉ siècle que maintenant, si j'en juge par ma courte expérience en ce domaine.

— Et vous devez avoir faim. Je me rechange et nous pourrons descendre à la salle à manger. À l'heure qu'il est, Estelle sera bientôt prête à nous servir un petit-déjeuner. Au fait, j'ai déjà prévenu Estelle, qui est chargée de la cuisine, de votre séjour ici. Nous n'avons que quatre serviteurs. Bien sûr, aucun d'eux ne devra apprendre votre véritable identité, car cela ne tarderait pas à se savoir dans toute la ville. On ne peut jamais être assuré de leur discrétion !

Un quart d'heure plus tard, la main sur la poignée de porte, Élyse invite Sophie à la suivre en lui demandant si elle est prête.

— Aussi prête qu'on peut l'être dans les circonstances, répond Sophie. À partir de maintenant, il me faudra jouer un rôle. Avertissez-moi si je me conduis d'une manière peu conforme aux usages de ce temps. Pardonnez mon ignorance.

Élyse se contente de sourire et ouvre la porte.

*   *

*

Les deux jeunes filles entrent dans la salle à manger où trois couverts sont disposés sur une nappe d'un blanc immaculé. Nicolas a déjà pris place devant une des assiettes qu'il est en train de vider copieusement. Il se lève à leur arrivée.

— Bonjour, Nicolas, fait amicalement Sophie en s'installant devant lui.

Comme celui-ci hésite à se rasseoir, elle ajoute :

— N'allez-vous pas continuer votre petit déjeuner ?

– Oh oui, bien sûr, si vous me le permettez.

Il se rassoit tout raide et figé. Après s'être éclairci la voix, il se décide à rompre le silence :

– Est-ce que Votre Sainteté a passé une bonne nuit ?

Sophie le regarde, un demi-sourire aux lèvres, et le corrige gentiment :

– Mes amis m'appellent Sophie. C'est plus court.

– Sophie a raison, Nicolas, intervient Élyse. Rappelle-toi l'histoire dont nous avons convenu. Elle n'est qu'une demoiselle de bonne famille en détresse, à qui nous accordons l'hospitalité.

– Oui, oui, je sais, je me souviens, chuchote Nicolas. Tenez, voilà votre lait et vos tartines.

Une petite blonde chargée d'un lourd plateau vient d'entrer. Elle s'affaire tout de suite à remplir les verres et à disposer le pain beurré sur les assiettes. Lorsqu'elle arrive à sa hauteur, Sophie l'interpelle :

– Bonjour, vous devez être Estelle, n'est-ce pas ? Moi je suis Sophie de Mouchel.

La servante regarde l'invitée avec ahurissement et émet faiblement :

– Non, mademoiselle, mon nom est Jacinthe. Estelle, c'est la cuisinière.

– Oh, pardonnez mon erreur.

C'est avec des yeux ronds que Jacinthe retourne aux cuisines. Sophie la regarde sortir puis reporte son attention sur les deux autres convives. Elle note une certaine gêne de leur part.

— Bon, qu'est-ce qui ne va pas ? fait-elle.

— Vous m'avez demandé de vous avertir lorsque vos actions ne correspondaient pas aux façons correctes de faire les choses, n'est-ce pas ? commence Élyse.

— Oui, bien sûr, je veux essayer de passer la plus inaperçue possible.

— Une familiarité comme celle que vous avez employée envers Jacinthe est mal vue.

— Familiarité ? Je n'ai fait que lui dire bonjour ! Et puis, tenez, je l'ai même vouvoyée !

— Justement, on ne vouvoie pas les domestiques. Il ne faut pas leur donner à penser que vous vous abaissez à leur niveau.

— Hum ! Je commence à comprendre pourquoi il y a eu une révolution dans ce pays.

— Une révolution ? C'est la deuxième fois que vous y faites allusion. Que voulez-vous dire par là ?

— Euh... J'ai encore plus de vingt ans pour en parler et puis un tel sujet à table risquerait de vous couper l'appétit. Revenons plutôt au tutoiement. Il semble ici y avoir une différence d'usages. J'ai l'habitude d'employer le vous uniquement avec les personnes plus âgées ou que je ne connais que depuis peu. Et le tu pour qui que ce soit d'autre. Par exemple, je commence à trouver que le vouvoiement entre nous devient ridicule.

— Oh, je ne vois aucun problème à nous tutoyer surtout si nous voulons laisser croire à notre entourage que vous êtes de la même classe sociale que la mienne. Qu'en penses-tu Nicolas ?

— Je ne pourrai jamais vous tutoyer. Pardonnez-moi, murmure-t-il, en regardant humblement Sophie. J'en suis incapable.

— À votre aise, le rassure Sophie, mais ne laissons pas moisir ce déjeuner. Bon appétit.

Elle va s'emparer de la tartine entre ses doigts lorsqu'elle voit le frère et la sœur prendre leur couteau et leur fourchette. Elle avale ensuite une gorgée de lait et ne peut s'empêcher de faire la grimace.

— Ton lait a mauvais goût ? demande Élyse. Pourtant il doit être très frais. Le fermier qui nous l'a apporté a dû traire sa vache ce matin.

— Non il n'a pas sûri, mais il est tiède et j'ai l'habitude de boire mon lait très froid ou fumant. Rien entre les deux…uniquement une question d'habitude, je suppose.

Elle porte son verre de nouveau à ses lèvres, mais s'arrête.

— Mais ça veut dire qu'il n'est pas pasteurisé, alors !

— Pasteurisé ?

— Oui, bien sûr…. Pasteur n'a dû naître qu'au 19e siècle.

— Que veux-tu dire ?

— Je parle d'une technique couramment employée au 21e siècle, qui consiste à se débarrasser de microbes contenus dans le lait et responsables de certaines maladies. Il suffit de chauffer le lait, pas nécessairement jusqu'à ébullition, puis de le refroidir rapidement. Je vous suggérerais fortement de la mettre en pratique. Pourquoi ne pas profiter d'une découverte qui ne révolutionnera la médecine que dans un siècle ?

— Tu crois que c'est important de le faire ?

— Oui, surtout si le lait est donné à un enfant.

— J'en parlerai à Estelle alors. Maintenant, si nous faisions un plan pour la journée. Je suggère que nous allions chez Mademoiselle Lise, la modiste. Elle a souvent des robes que certaines de ses clientes n'ont pas payées. Avec un peu de chance, une ou deux d'entre elles t'iront. Nous pourrons aussi en commander quelques-unes, de même qu'un bon manteau. Lise a aussi en montre toutes sortes d'accessoires essentiels, des chaussettes, des manchons. Pour les chaussures, nous devrons aller chez Monsieur Poirot et puis pour un chapeau, chez Madame Monique. Il faut aussi une perruque. S'il nous reste un peu de temps aujourd'hui, peut-être pourras-tu me faire voir tes livres de sciences naturelles ?

— Mais bien sûr.

— C'est dit. Débarrassons-nous des emplettes d'abord. Tu nous accompagnes, Nicolas ?

— Si vous le souhaitez. Je demande à Louis d'atteler le carrosse.

Il faut encore une heure de préparatifs avant de franchir le seuil de la propriété. Sophie tente de ne pas avoir l'air trop surprise. Tant qu'elle demeurait à l'intérieur, elle pouvait encore se convaincre qu'un rigolo avait dépensé beaucoup d'énergie à rebâtir une maison avec l'ameublement du 18ᵉ siècle pour lui faire croire à un voyage dans le temps, mais une rue entière, une ville entière ?

L'avenue fourmille de carrosses à l'allure pressée, de passantes dont les robes époussettent la chaussée et de messieurs à tricorne. La naïveté des questions de Sophie déconcerte sa compagne. Elles n'ont aucun mal à trouver les vêtements nécessaires à sa nouvelle identité, puis prennent une collation dans un charmant restaurant. Sophie fait alors part de ses inquiétudes à Élyse. Monsieur de Charenton approuvera-t-il son séjour ? Qui paiera toutes ces toilettes ? Élyse la rassure :

— Je te l'ai dit hier. Père ne me refuse rien. Il s'inquiétait d'ailleurs du peu d'amies que je fréquentais. Je trouve les jeunes filles de mon âge suprêmement ennuyeuses et leur compagnie, soporifique. Il sera donc charmé que j'aie trouvé un peu de compagnie pour autant que tu aies des liens avec la bourgeoisie ou l'aristocratie. Pour l'en convaincre, il te faudra soigner tes manières. Cela ne devrait pas être trop difficile. As-tu lu les *Règles de la bienséance et de la civilité chrétienne*, de Jean Baptiste de la Salle ?

– Non.

– Je te prêterai cet indispensable outil de savoir-vivre. Je te recommande d'en faire ton livre de chevet.

La prédiction d'Élyse se révèle exacte. Sophie se voit donc attribuer le rôle plutôt mal défini de demoiselle de compagnie de la fille du banquier.

* *

*

Dans les mois suivants, une amitié réelle se développe entre les deux jeunes filles, qui deviennent rapidement inséparables. Élyse s'avère une élève enthousiaste, en mathématiques et en physique. Elles transforment en laboratoire une des pièces inutilisées du grenier. La faible lueur d'une lampe électrique illumine bientôt leur antre interdit, et ce, bien avant la naissance de Thomas Edison. Pour réaliser ce miracle, elles ont empilé des plaques de zinc et de cuivre séparées par du carton imbibé d'eau salée. Alessandro Volta ne fera de même que dans plus d'une trentaine d'années. Leur recherche de produits chimiques insolites les mène souvent dans des quartiers mal famés chez des apothicaires peu scrupuleux. Nicolas les accompagne toujours lors de ces excursions.

Progressivement, Sophie s'adapte à son nouvel environnement, non sans verser des

 iPod et minijupe au 18ᵉ siècle

larmes amères, dans l'intimité de sa chambre. Elle pense avec amertume à l'inquiétude de ses parents et de son frère. Ils lui manquent terriblement ainsi que tous ses amis. Sa disparition subite du 21ᵉ siècle a dû les stupéfier et laisser un dossier non résolu au poste de police. Elle imagine sa photo dans les journaux, à la télé et sur Internet. Ses visites nocturnes à la ruelle sombre qui l'a vue arriver s'espacent. De cinq fois dans la première semaine, elles passent à quatre dans les trois mois qui suivent. Malgré ses échecs, elle nourrit une pousse d'espoir, dans le jardin confus de ses rêves, d'un retour possible au 21ᵉ siècle. En attendant, elle canalise ses énergies et s'applique à reproduire, dans leur refuge secret, les mille et une inventions des deux prochains siècles. Le reste de sa concentration sert à minimiser les faux pas. Elle réussit à ne plus regarder son poignet chaque fois qu'on lui demande l'heure. Il lui arrive toutefois de suggérer une aspirine à une visiteuse qui se plaint de migraine.

*　　*

*

— Tiens, regarde ce que nous avons reçu, s'écrie Élyse. Une invitation à un bal donné le 1ᵉʳ mai prochain, par Madame de Malthaud, pour recueillir des fonds pour l'Hôtel-Dieu. On y dansera et on jouera aux cartes. Le prix d'entrée est assez élevé et les gagnants aux jeux devront laisser une partie de leur gain pour l'hôpital. Quelle bonne idée ! Je parie que la noblesse tiendra à s'y montrer, du moins pour faire croire qu'elle s'intéresse à la charité. La haute bourgeoisie qui aura réussi à se faire inviter ne dédaignera pas l'occasion de se pavaner en compagnie des aristocrates. Et puis Madame de Malthaud a dû comprendre que les bourgeois sauront mieux combler les besoins financiers de l'hôpital. C'est excitant. Ce sera ton premier bal !

— Tu crois vraiment que je suis invitée ? s'enquiert Sophie.

— L'invitation est plutôt vague, mais je suis certaine que la contribution de Père à leur cause les empêchera de nous embêter au sujet du nombre et de la qualité des personnes dont il voudra s'entourer.

— Bon d'accord, comment doit-on se comporter à un bal ?

— Hum, sais-tu danser le menuet et le cotillon ?

— J'ai bien peur que non.

— Alors je vais te donner des leçons. Allons dans la salle de musique. Nous pousserons les meubles dans les coins et je te jouerai un menuet au pianoforte pour te donner une idée du rythme.

Aussitôt dit, aussitôt fait. Les deux jeunes filles passent l'heure suivante sur une chorégraphie pour laquelle manquent plusieurs danseurs. Les rires fusent. L'exercice offre à

Sophie une idée générale de cette danse. Entre deux figures, elle reprend son souffle :

— Et la valse ? Est-ce qu'on va danser la valse à ce bal ? Je ne peux imaginer un bal sans une valse.

— Une valse ? J'en ai entendu parler, vaguement. Ce n'est pas une danse de bonne société, il me semble, mais une danse paysanne… allemande, je crois. On la dit même indécente.

— Wow !… le *dirty dancing* du 18e siècle ! Qu'est ce que les matrones de l'aristocratie penseraient du rock and roll ou du twist ? Je ne t'en ferai pas la démonstration sans musique, car tu me croirais prise d'une maladie nerveuse. Déjà que tu n'as pas beaucoup aimé la musique de mon siècle quand je te l'ai fait écouter. Dommage que mon iPod soit complètement déchargé, je crois que j'avais un enregistrement d'une valse de Strauss. Puis-je t'enseigner la valse ?

— Pourquoi pas !

— Pardon mademoiselle, me feriez-vous l'honneur de m'accorder cette danse ? fait Sophie, en imitant un prétendant guindé, saluant bien bas.

Avec un air hautain de circonstance, Élyse accepte :

— J'en serais charmée, Monsieur.

Sophie s'empare des doigts de sa compagne et l'entraîne au centre de la pièce. Elle passe ensuite sa main sous l'aisselle de sa partenaire et lui fait prendre position.

— C'est facile. On ne doit que suivre le rythme, 1-2-3.

— Et que font les autres danseurs ?

— La même chose que nous. Il suffit de ne pas leur rentrer dedans. Ici, il faudra plutôt éviter les meubles.

— Il n'y a aucun échange entre les couples ?

— Non. Tu danses tout avec la même personne.

— Et il faut être aussi étroitement enlacés ? C'est terriblement excitant surtout si ton partenaire ne t'est pas indifférent.

— Ce n'est pas ce que j'appelle étroitement enlacés, mais tout est relatif. Prête ?

Elle entonne le *Danube bleu* et les deux amies se mettent à tourbillonner à travers la pièce.

*   *

*

— Rappelle-toi qu'il faut absolument garder ton sérieux, la met en garde Élyse. Trois jours auparavant, chez le perruquier, Sophie s'est abandonnée au fou rire, lorsque présentée à certaines hautes coiffures à l'équilibre instable. Elle a encore l'impression d'avoir l'*Empire State Building* sur la tête. Malgré sa promesse, elle laisse échapper un gloussement à la vue de certaines dames se pavanant avec hauteur (c'est le cas de le dire !). Pour la distraire, Élyse lui fait une courte présentation des personnages importants qui remplissent progressivement la salle, par cette douce soirée de printemps :

— Voici la marquise de Plussier, la rivale de Madame de Malthaud dans les cercles de charité. C'est une dévote intempérante qui ne doit pas approuver le mode de financement choisi pour l'hôpital. Elle fait partie du comité pour l'Hôtel-Dieu et a dû se croire obligée de venir.

— Elle est habillée comme pour un enterrement !

— C'est probablement ce qu'un bal est pour elle, l'enfouissement de la moralité sous le sol de la frivolité. Celui qui vient d'entrer, c'est, je crois, le comte de Besanceau, le beau comte comme on dit.

— Ah oui et pourquoi ?

Étonnée par le ton sérieux de la question, Élyse se tourne vers Sophie. Décidément, tout dans l'expression de son amie confirme sa naïveté. Élyse explique l'évidence :

— Mais tout simplement parce qu'il est bel homme.

— Ah vraiment ! Moi, tu sais, les hommes à perruque avec une épaisse couche de poudre sur le visage, les joues pommadées de rouge, sans compter les mouches... En plus, leurs manières efféminées me font douter de leur virilité.

– Que vas-tu chercher là ? Le comte de Besanceau est considéré comme un bel homme. Tu ne peux pas les voir d'ici, mais il a des yeux d'un vert pâle fascinant qui rendent plus d'une femme folle de lui. Il est bien bâti, possède une jambe élégante et un port de tête noble.

– On dirait que tu as un *fort* faible pour lui, se moque Sophie.

– Oh non, proteste Élyse, il n'est pas mon genre. Je le trouve plutôt froid. Je suis certaine qu'à ses yeux, je ne suis qu'une gamine ennuyante. Je sais par Nicolas qu'il est très apprécié de ses amis, mais ce cercle est très fermé. Rien que des gens de la plus haute aristocratie.

– Un snob, quoi. J'espère bien ne pas avoir à lui parler.

– Il y a peu de chance que cela t'arrive. Ça m'étonne même qu'il soit ici ce soir. Ah tiens ! Voici la duchesse de Sance qui vient d'entrer…

* *

*

À part un menuet avec Nicolas, Sophie reste assise toute la soirée, à attendre un partenaire qu'il lui est interdit de solliciter. Élyse au contraire est très demandée, probablement par des endettés qui connaissent la fortune de son père. Pour se désennuyer, il prend donc à Sophie l'envie d'aller voir les jardins. La fraîcheur de la nuit la fait d'abord frissonner. Elle s'aventure dans une allée à peine éclairée par la voie lactée et un croissant de lune, jusqu'à un balcon surplombant la Seine. La musique lui parvient encore, mais nettement atténuée. Elle s'amuse à imaginer ce qu'elle verrait de ce balcon au 21ᵉ siècle. Plus de lumières, plus de bruit, des odeurs de tuyaux d'échappement, des klaxons, les feux de signalisation d'un avion ou d'un satellite, moins d'étoiles, des bacs motorisés naviguant vers leur destination. Au lieu de cela, un Paris presque champêtre s'étend devant elle, éclairé par des centaines de flammèches. Une Seine sauvage et noire et tout aussi polluée, quoique par d'autres substances. Elle savoure ce moment de paix qui ne dure pas.

— Que vois-je ? Une jeune fille esseulée sûrement en quête de compagnie ! fait une voix traînarde derrière elle.

Sophie lève les yeux au ciel avant de pivoter vers son interlocuteur. Il s'agit d'un homme de taille moyenne vêtu d'une façon qui serait élégante si certaines asymétries ne le rendaient ridicule, tel l'angle de la perruque et le balancement giratoire, sans doute causés par l'absorption d'une trop grande quantité d'alcool. Si ce spécimen vacillant est représentatif de la population du jardin, il vaut mieux rejoindre Élyse.

— Pardonnez-moi de vous fausser compagnie, mais je m'apprêtais à rentrer. Il commence à faire plutôt froid ici, commence-t-elle.

— Qu'à cela ne tienne ! Je ne demande qu'à vous réchauffer.

Il s'approche, lui bloquant le passage. Il continue en liant tous les mots :

— Vous n'allez pas partir ainsi. Laissez-moi vous faire visiter les jardins. Il y a là-bas un buisson tapissé de mousse où il fera bon s'étendre. En espérant qu'il ne soit pas encore occupé, ha, ha, ha !

Son rire ne trouve aucun écho du côté de Sophie, dont l'attitude passe de polie à fâchée.

— Je n'ai aucun goût pour vos diversions. Laissez-moi passer.

— Farouche, hein ! Comme je les aime. Voyons petite, viens t'amuser un peu avec moi. Je n'aime pas qu'on me résiste.

— Si vous me touchez, vous allez le regretter, je vous préviens, le menace-t-elle.

— Ah, vraiment. Voyons ça.

Sa main encercle un des poignets de Sophie et l'attire vers lui.

CHAPITRE 5

Le défi

François regrette de s'être laissé convaincre de venir bercer son ennui par des menuets. Il aurait mieux valu rester à son hôtel et lire le dernier livre de la liste noire qu'Olivier lui a refilé. Au lieu de cela, il passe de groupe en groupe, promettant de rendre visite à un certain marquis, d'en inviter un autre pour une causerie après l'opéra, d'aller faire une excursion à cheval avec le fils de son banquier. Vains engagements qu'il n'a pas l'intention de respecter.

Lassé, il se dirige vers les jardins en quête de solitude et de fraîcheur. Il connaît d'ailleurs un endroit divin qui surplombe la Seine ; ses pas l'y mènent sans hâte. Au détour d'une allée sombre, son désir de solitude est contrarié par une silhouette féminine qui occupe exactement l'endroit qu'il s'est donné comme but.

« Ah diantre ! Que fait-elle, celle-là, toute seule ? » pense-t-il. « Ah ! Je vois, elle a donné rendez-vous à son amoureux. Parfait. Ils vont bientôt s'allonger ailleurs. Je n'ai qu'à attendre un peu et j'aurai le panorama pour moi tout seul. Hum ! On dirait qu'il n'est pas l'amoureux attendu ou qu'elle n'est plus en très bons termes avec lui. Allez donc vous chamailler ailleurs. Ah, cela empire. Va-t-il lui forcer la main ? Dois-je intervenir ? »

Quelque chose dans l'attitude de la jeune fille le cloue sur place. L'absence de frayeur ? Elle fixe son interlocuteur et n'espère apparemment aucune aide extérieure. D'un mouvement sec, elle dégage son poignet de l'emprise de l'homme. Cela ne le décourage pas pour autant. Il s'élance vers elle dans le but de l'empoigner à la taille. Cette fois, plutôt que de le repousser, elle l'attire à elle, saisit sa manche, passe l'autre bras derrière le dos de son assaillant et en un mouvement rapide des hanches, le soulève et le projette dans les airs pour ensuite le laisser tomber à ses pieds.

– Comment a-t-elle fait cela ? murmure-t-il.

François reste figé, la stupéfaction ayant remplacé la curiosité. Entre-temps, la jeune fille a redressé sa coiffure, défroissé sa robe et revient d'un pas rapide et décisif vers le pavillon, laissant le soûlard se relever lentement et déguerpir tant bien que mal dans la direction opposée. En un moment, elle arrive à la hauteur de François qu'elle heurte presque. Elle s'arrête pile et le toise.

— Vous voulez voir la pelouse de très près,
vous aussi ? menace-t-elle.

François ignore la question et pense tout
haut :

— Comment avez-vous fait ?

Fort peu intéressée à éclairer un étranger
sur les mystères du judo, Sophie élude elle
aussi la question.

— Laissez-moi passer ou vous allez rejoindre ce malapris ! reprend-elle.

— Petite impertinente ! J'ai bien vu comment vous avez malmené ce pauvre marquis
après l'avoir provoqué.

— Provoqué ! Je n'ai pas sollicité les avances de cet homme !

— Alors que faisiez-vous seule au jardin ?
Allez-vous envoyer au tapis tous ceux qui vous
approcheront jusqu'à ce que vous en trouviez
un de votre goût ?

— Cet homme m'a attaquée. Je n'ai fait que
me défendre. Heureusement, d'ailleurs, car je
ne pouvais apparemment compter sur vous
pour me venir en aide. Vous avez préféré vous
amuser du spectacle ! Oui, vous n'êtes qu'un
voyeur et un lâche !

François se redresse, comme sous l'effet
d'une gifle.

— Jamais personne ne m'a traité de lâche !

— Eh bien, il y a un début à tout ! Je ne vous
salue pas, Monsieur !

— Vous ne savez pas à qui vous parlez, langue de vipère !

— Et vous, savez-vous à qui vous vous adressez ? fait-elle en poursuivant son chemin.

François la suit. L'obscurité les empêche tous les deux de discerner les traits de leur adversaire. Sophie atteint le pavillon avec une vingtaine de pas d'avance. Ils sont maintenant sous la lumière des lanternes. Sophie s'étire pour examiner rapidement l'homme qui la suit. Elle lui lance un regard venimeux avant de rejoindre Élyse dans la salle de bal.

— Où étais-tu donc passée ? fait cette dernière.

— Je suis allée faire un tour dans les jardins.

— Avec Nicolas ?

— Non, seule.

— Seule ! Mais cela ne se fait pas, ma chérie. Une jeune fille bien ne va pas seule dans les jardins.

— Ton beau comte me l'a fait savoir en termes peu polis. Tu avais raison, il est insupportable. J'éviterai les jardins à l'avenir, simplement pour ne plus le rencontrer.

*　　*

*

Le comte de Besanceau suit l'impertinente des yeux jusqu'à ce qu'elle aborde une demoiselle vêtue de bleu, qu'il a vaguement l'impression de connaître, sans pouvoir la nommer.

— Alors tu t'amuses ? dit une voix derrière son dos.

　　iPod et minijupe au 18ᵉ siècle

François se retourne vivement.

— Ah, c'est toi, Olivier. Non, à vrai dire, je viens de faire une rencontre des plus déplaisantes. Je n'arrive pas à croire qu'une telle pimbêche fasse partie de notre société.

— Mais de qui donc veux-tu parler ?

— D'une inconnue rencontrée au jardin. Elle s'y promenait sans chaperon. Tu vois le genre ? Elle est maintenant au bout de la salle, près de l'avant-dernière colonne. Elle est habillée en jaune et porte une perruque ridiculement basse. Elle parle avec une demoiselle en bleu.

— Tu veux parler de la fille du banquier de Charenton ?

— La demoiselle en bleu ?

— Oui.

— La dernière fois que je l'ai vue, elle n'était encore qu'une gamine.

— Que veux-tu ! Les gamines deviennent pucelles, puis femmes.

— Laissons cela. Ce n'est pas d'elle qu'il s'agit.

— Ah, l'autre, je ne la connais pas.

François grogne de dépit.

— Mais tu peux toujours demander des renseignements au chevalier d'Estienne. Il a la réputation de connaître tout Paris.

— Ce fervent de ragots ! Où est-il ?

— Je crois l'avoir entrevu près des tables de jeux. Sois prudent avec lui si tu ne veux pas qu'on sache à quarante lieux à la ronde que tu t'intéresses à cette jeune fille.

Olivier s'incline devant une dame qu'il avait précédemment sollicitée pour une gavotte. François s'impose un air de flânerie et se dirige lentement vers la salle de jeu. De l'entrée, il reconnaît le chevalier à une des tables. Ses rapports avec lui ont toujours été superficiels, limités par le mépris qu'éprouve le comte de Besanceau pour le vieillard malicieux. Il hésite sur la meilleure façon de l'aborder. En chemin, il badine avec des connaissances, un verre de vin à la main. Il se trouve finalement assez près pour entendre le joueur incorrigible annoncer son intention d'arrêter quelques instants de perdre pour aller chercher un bon verre de Sauterne. François vide son verre d'un coup, s'excuse auprès de ses compagnons en montrant sa coupe vide et suit le noble personnage. Les deux hommes atteignent le plateau du serveur en même temps.

François heurte intentionnellement le verre du chevalier.

— Oh, je vous demande pardon, fait-il d'un air faussement contrit.

— Ah, ce n'est rien, réplique l'autre. Seulement quelques gouttes de perdues. À la vôtre, Monsieur le Comte.

— À la vôtre, Chevalier. Est-ce que la fortune vous sourit ce soir ?

— Non, elle joue avec moi, la coquette.

— Laissez-la vous bouder ce soir. Elle vous reviendra demain.

— Est-ce le secret de votre succès auprès des femmes ? Les ignorer pour les faire redoubler d'attentions à votre égard ?

— Chevalier !

— Plusieurs dames m'ont confié soupirer après vous.

— Elles sont peut-être prêtes à s'offrir à moi, mais c'est à vous qu'elles accordent leur âme et divulguent leurs secrets. Vous les connaissez mieux que moi. Tenez par exemple, j'ai à peine reconnu la fille du banquier, Félix de Charenton. Je suis certain que vous auriez pu la nommer aisément. Peut-être vous a-t-elle fait aussi des confidences !

— Vous voulez savoir si Élyse de Charenton est l'une de celles qui soupirent après vous ? s'esclaffe le chevalier.

— Non, je vous ass...

— Mademoiselle de Charenton n'a d'yeux que pour une amie qu'elle a accueillie chez elle, une certaine Sophie de Mouchel. Absolument inséparables, ces demoiselles semblent se complaire en leur compagnie réciproque. Vous auriez plus de succès auprès de Madem....

— Mademoiselle de Mouchel... serait-elle en jaune par hasard ? coupe François.

— Ma foi, je n'ai pas remarqué sa toilette. On la dit plutôt excentrique et faisant fi des conventions de la mode.

— Un peu comme une roturière qui ne sait pas se comporter en société.

— Sans avoir eu l'honneur de rencontrer la demoiselle en question, j'ai cru comprendre qu'elle était d'une famille de petite aristocratie tombée dans la misère. Elle aurait quitté la province pour venir s'établir à Paris, où la fille du banquier lui aurait offert l'asile, il y a quelques mois.

— Hum, a-t-elle des titres de noblesse ?

— Peut-être les a-t-elle montrés au banquier. Je ne vous répète que ce que j'ai entendu. Elle sait lire et écrire. Elle semble cultivée dans certains domaines et ignare dans d'autres. Il y a d'ailleurs une anecdote curieuse à son sujet.

— Racontez donc ?

— Un de mes amis dînait récemment chez le banquier. Au moment où les dames revenaient au salon, les hommes s'entretenaient avec animation des preuves scientifiques de la supériorité intellectuelle masculine. La difficulté qu'ont les femmes de comprendre les mathématiques était au cœur du débat. Cette Mademoiselle de Mouchel s'en est indignée profondément.

— Ah oui, et comment proposait-elle de réfuter cette évidence ?

— En se disant, figurez-vous, parfaitement capable de saisir les mathématiques. Vous pensez bien que mon ami lui a tendu un piège. Il lui demanda de résoudre un problème dont

    iPod et minijupe au 18e siècle

la solution exacte échappe encore à certains
de nos mathématiciens les plus brillants...

— Alors quelle a été la réponse de la demoiselle ?

— Mon cher, elle a résolu le problème en
moins de quinze minutes. Curieuse histoire, n'est-ce pas ? Maintenant, si vous voulez
bien m'excuser, il y a quelqu'un à qui je dois
dire quelques mots. Je vous laisse le loisir de
profiter davantage de cette belle fête. Mes
salutations.

« Cette énergumène est un véritable mystère ! » rumine François. « D'Estienne la dit
aristocrate. Moi je suis certain du contraire.
Appelons cela mon intuition. Si elle a du sang
noble dans les veines, alors moi, je suis le fils
d'un ramoneur. Je dois en savoir plus. Nicolas est mon homme. Après tout, elle demeure
chez lui. »

Ne trouvant pas le fils du banquier dans la
salle de jeu, il gagne la pièce où coulent mélodie enjouée et sueur sur les fronts. Avant de
pouvoir repérer Nicolas, il heurte de l'épaule
un jeune homme qui recule.

— Oh pardon, fait-il distraitement.

— C'est moi qui vous demande pardon,
Monsieur le Comte.

— Ah, Monsieur de Charenton, justement
je vous cherch..., commence François.

— Vous me cherchiez ? s'étonne Nicolas.
Vraiment ? En quoi puis-je vous être utile ?

François est pris de court.

— Euh, il se trouve… j'aimerais vous… je me demandais si vous pourriez me renseigner. La jeune fille en bleu près de la quatrième colonne serait-elle votre sœur par hasard ? Je n'en suis pas certain et je ne voudrais pas embarrasser une jeune fille à laquelle je n'ai jamais été présenté.

— Il s'agit de ma sœur en effet.

— Elle a beaucoup grandi depuis la dernière fois que je l'ai vue. À cela tenait la raison de mon hésitation.

— Oui, nous n'avons pas souvent l'honneur de votre visite.

— Il me faut décidément remédier à cette lacune. Devrais-je aussi connaître la personne qui accompagne votre sœur ?

— C'est Mademoiselle Sophie de Mouchel. Elle demeure chez nous. C'est une amie de ma sœur.

François se méprend sur l'embarras de Nicolas qui rougit, le regard fuyant.

— Eh bien, je n'ai pas de compliments à faire à votre sœur sur le choix de ses amies.

La réaction de Nicolas le prend par surprise. Celui-ci se redresse, toute trace d'amitié effacée de sa physionomie.

— Voulez-vous en cela insulter Mademoiselle de Mouchel ? Je me verrais dans la douloureuse obligation de vous demander réparation.

— Pardon ? Oh là ! Ne nous emballons pas ! s'exclame François. « Ah, misère, le pauvre type doit en être amoureux. Changeons de tactique. Je n'ai pas envie de risquer un duel pour cette donzelle », se dit-il avant de continuer. Veuillez me pardonner cette remarque tout à fait déplacée. Ne me prenez pas au sérieux. Je ne connais pas Mademoiselle de Mouchel. Vous avez raison de me réprimander. Veuillez me pardonner mes propos. Je ne demande qu'à me faire une opinion favorable de cette demoiselle.

— Elle est digne d'estime et du plus grand respect, en effet.

— Serait-elle de descendance noble ? Je ne suis pas très familier avec une lignée de Mouchel.

— Oh, ne l'abaissez pas à une catégorie terrestre. Cette jeune fille est une sainte.

— Ah, bien sûr, puisque vous le dites. Je brûle d'envie maintenant de faire sa connaissance. Peut-être voudrez-vous me la présenter ?

— Vraiment ? Vous en êtes sûr ? Pardonnez-moi cette hésitation, mais vous ne m'avez jamais donné l'impression d'apprécier beaucoup la conversation des femmes.

— Monsieur de Charenton ! Je me suis souvent moqué de la vacuité des conversations féminines, mais je sais apprécier la compagnie des dames dans des circonstances aussi divertissantes qu'un bal.

— Bon, dans ce cas, suivez-moi.

Les deux hommes contournent donc l'aire de danse vers les deux jeunes filles qui se tiennent debout près du périmètre. Elles ne détectent pas leur présence. Nicolas s'adresse à sa sœur qui se tourne alors vers eux.

— Élyse, le comte de Besanceau qui m'accompagne aimerait te sal...

— Ah non, pas encore vous ! l'interrompt Sophie qui vient de reconnaître le comte.

François, interloqué, s'attendait à plus de retenue ou à moins d'animosité en public. Faux espoir.

— Vous ne m'aviez pas dit avoir déjà rencontré Mademoiselle de Mouchel, dit Nicolas, contrarié.

— Euh, je..., balbutie François.

— Monsieur le Comte et moi avons en effet échangé quelques mots dans le jardin, intervient Sophie.

— Vous a-t-il manqué de respect de quelque façon ? s'informe Nicolas avec fièvre. Je me fais garant de laver cet affront.

C'est au tour de Sophie de montrer de la surprise, alors qu'Élyse essaie d'arranger les choses :

— Messieurs, du calme. Je vous en prie.

— Nicolas ! Ne vous énervez pas. Je vous remercie de votre sollicitude, mais je suis parfaitement capable de me défendre.

— Ah cela, j'en suis témoin, persifle François.

— Vous en êtes certaine ? insiste Nicolas. Vous n'avez qu'"à m'ordonner de...

– Eh bien, je vous ordonne de ne plus y penser ! répond Sophie. Ne vous inquiétez pas ! Monsieur le Comte et moi allons régler notre différend et, vous verrez, nous deviendrons les meilleurs amis du monde, n'est-ce pas Monsieur le Comte ?

– Ma foi, je n'en doute pas une seconde, répond l'intéressé, sarcastiquement.

Seul Nicolas se laisse berner par ces signes de paix.

– Ah, vraiment, alors peut-être puis-je vous laisser, car j'ai promis à Mademoiselle de Courvoyer ce cotillon que l'on vient d'annoncer. Si vous voulez bien m'excuser.

Élyse est sollicitée elle aussi. François la regarde prendre position devant son partenaire, puis revient à Sophie en disant :

– J'ai plusieurs...

Il s'arrête brusquement, car là où Sophie se trouvait, il ne rencontre que de l'air. Un regard à la ronde lui permet de la découvrir quelques dizaines de pas plus loin, sur une chaise isolée. Elle ne regarde absolument pas dans sa direction, comme s'il n'existait déjà plus. La température de son sang monte de quelques degrés, maintenant très proche du point d'ébullition. Il empoigne une chaise et l'approche de la jeune fille.

– Décidément, vous ne faites preuve d'aucune civilité, gronde-t-il. Nous étions en pleine conversation...

— Il nous faudrait avoir quelque chose à nous dire, ce qui n'est pas le cas.

« Ah, la garce ! » pense-t-il.

— Eh bien moi, j'ai quelque chose à dire. Dans le jardin, vous m'avez défié de découvrir qui vous êtes. Erreur fatale, car je n'aurai de cesse de prouver que vous n'appartenez aucunement à cette société. Vous sentez la roture à plein nez.

— Insultes que tout cela ! Avez-vous la moindre preuve de ce que vous avancez ?

— Et vous ? Pouvez-vous prouver que vous êtes noble ?

— Je n'ai aucunement l'intention de me justifier auprès de vous. Votre opinion ne m'intéresse pas.

Le comte va devenir véritablement impoli lorsqu'il s'entend appeler :

— Monsieur le Comte ? Monsieur le Comte de Besanceau ? Il nous manque un couple pour ce cotillon. Ne pourriez-vous pas inviter la charmante jeune fille avec laquelle vous vous entretenez et vous joindre à nous ? La musique va commencer dans quelques instants. Voilà ! Elle débute. Monsieur le Comte, je vous en prie !

Les autres danseurs renchérissent. C'est la mort dans l'âme que François se voit forcé de se pencher vers Sophie pour lui demander :

— Puis-je avoir le déplaisir de vous offrir cette danse ?

Celle-ci le dévisage un instant puis lui offre sa main en répliquant :

– Si cela peut vous ennuyer.

Cette repartie est trop à point. Un rire lui échappe. Il s'empresse toutefois de le contenir. Il la guide jusqu'à la piste de danse, le contact corporel se réduisant à l'extrémité de leurs doigts. Il ne toucherait un torchon souillé autrement. Le ressac du cotillon lui donne le loisir d'examiner sa compagne.

Physiquement, elle se distingue par sa taille bien supérieure à celle de ses consœurs. Elle ne le dépasse toutefois pas lui, que sa prestance oblige à courber la tête pour se déplacer dans l'entrepont des navires conçus pour des hommes de cinq pieds-du-roi[1]. Le teint hâlé sous un minimum de poudre confirme son opinion sur les origines roturières de sa partenaire. Les mains, par contre, lui en font douter, car leur finesse ne peut être associée qu'à l'oisiveté. Ses mouvements manquent de grâce et il savoure les quelques erreurs qu'elle commet dans la chorégraphie. Elle ne lui sourit pas, mais se montre polie et aimable envers les autres.

Sophie passe la première moitié de la danse à compter ses pas. Elle rage lorsqu'un changement de rythme la fait trébucher. Bientôt, elle prend suffisamment d'assurance pour laisser son esprit vagabonder :

---

1. Un pied-du-roi équivaut à un pied, soit à 30 centimètres.

« Ainsi, on l'appelle le beau comte. Parce qu'il est plus grand que les avortons de ce siècle, peut-être », se dit-elle. « C'est dommage car j'aurais aimé le regarder de haut. Ah oui, les yeux sont supposés être spéciaux. Bon, le galant marque un point. Un vert aussi clair est plutôt rare, mais ainsi encadré par une croûte de poudre, il perd tout son charme. Quelle manie ridicule que ce maquillage ! Et la perruque ! Probablement habitée par tout un monde animal. Si j'en crois les quelques poils qui dépassent, il doit être blond. Sans avoir trop d'expérience en ce domaine, je dois concéder qu'il n'est pas mauvais danseur. Voilà je sais être impartiale ! Il est détestable, mais il sait danser. »

Les dernières notes les délivrent de leur obligation. Il la ramène à sa chaise et puis, sans un mot et surtout sans un baisemain, il s'éloigne.

*　　*
*

Un peu plus tard dans la soirée, un glaneur de potins surprend cette conversation somme toute assez banale.

— Monsieur de Charenton, au sujet de cette randonnée équestre dont nous avons parlé en début de soirée ?

— Oui, Monsieur le Comte ?

— Que diriez-vous de mercredi prochain ?

– Oh, je suis désolé. J'ai déjà promis d'aller aux courses cette journée-là.

– Jeudi alors ?

– Oui, cela me convient.

– Parfait. Je serai chez vous vers une heure de l'après-midi.

– Je vous y attendrai.

CHAPITRE 6

Escarmouches

Une demi-heure avant l'heure dite, François se présente chez le fils du banquier. Une servante lui ouvre et l'invite à attendre au boudoir pendant qu'elle avertit Monsieur de Charenton de son arrivée. De la pièce voisine, un piano-forte résonne sous les doigts d'un musicien amateur. Malgré les fautes du pianiste, il peut goûter le caractère original de la composition. L'accompagnement de la main gauche semble avoir une vie et un rythme propres, mais s'accorde néanmoins avec la mélodie. La curiosité le pousse à entrouvrir la porte du salon. Il reconnaît l'impertinente qu'il s'est donné pour but de démasquer. Elle lui tourne le dos et ne semble pas avoir remarqué sa présence. Adossé au chambranle, il déguste l'*andante* qui suit la finale vertigineuse du premier mouvement. Le thème revient sans préavis, dans toute sa fougue. Enfin, les mains de la pianiste quittent le clavier, laissant le dernier accord mourir.

Le comte applaudit pour signaler sa présence. Sophie sursaute avant de l'apercevoir.

— Ah, c'est vous, fait-elle sans enthousiasme.

— Oui, c'est moi. J'attends Nicolas pour une randonnée équestre. Beau morceau de musique que vous avez joué là. Qui l'a composé ? Car je ne suppose pas que vous en soyez l'auteur.

— Je n'ai pas cet honneur en effet. Mais à quoi bon vous dire le nom du compositeur, vous ne le connaîtrez pas.

— Ah, je vois. Vous présumez déjà de mes connaissances musicales ! réplique-t-il en s'échauffant.

— Cela aurait pu être le cas, mais je n'y avais pas songé. Il se trouve que ce compositeur n'est absolument pas connu.

— Dites quand même !

— Soit ! Je jouais *Fantaisie-Impromptu* en *ut* dièse mineur, de Frédéric Chopin.

Elle ajoute pour elle-même :

« Toi, si tu me dis que tu le connais, tu es un beau menteur. »

Le comte se laisse un instant de réflexion, puis concède :

— Je ne le connais pas, c'est vrai, mais je puis vous assurer que s'il continue à écrire de la musique aussi vibrante et originale, il ne restera pas inconnu longtemps.

Nicolas fait irruption dans la pièce en s'exclamant :

— Oh, Monsieur le Comte, pardonnez-moi de vous avoir fait attendre !

— Vous n'avez pas à vous excuser. Je suis arrivé plus tôt que prévu et puis j'ai été diverti par un concert.

— Si vous êtes prêt, nous pouvons partir.

— Après vous.

Les deux hommes quittent la salle de musique après les salutations d'usage, laissant Sophie songeuse et amusée par la prophétie du comte. Tout doucement, elle commence à jouer la version piano de *Stairway to Heaven*, de Led Zeppelin.

*   *

*

François prend beaucoup plus plaisir à la compagnie de Nicolas qu'il ne s'y attendait. Il n'hésite pas à accepter son invitation à souper ; elle cadre bien avec ses plans. Ils passent d'abord à son hôtel afin qu'il puisse se rafraîchir et s'habiller pour la soirée. Ils reviennent à la demeure du banquier à temps pour humer les bonnes odeurs de préparation du repas. Pendant que Nicolas va lui-même troquer sa tenue de cavalier contre un habit d'intérieur, François rejoint les demoiselles au salon.

Il les trouve concentrées au-dessus de l'échiquier. Il s'appuie près de l'âtre de manière à voir la position des pièces. Décidément, Élyse se trouve en bien vilaine posture et s'apprête à l'empirer davantage en bougeant sa tour. Il toussote en signe d'avertissement. Élyse suspend son mouvement et regarde le comte de façon inquisitrice.

– Vous disiez ? s'enquiert-elle.

– Moi, rien du tout ! répond-il. Je notais seulement que vous risquez la défaite en trois coups si vous touchez à cette tour.

L'arrivée de Jacinthe venue demander l'assistance d'Élyse pour les détails du repas interrompt la partie. Élyse suggère, avant de la suivre aux cuisines :

– Excusez-moi quelques instants. Monsieur le Comte, voudriez-vous prendre ma place à l'échiquier ? J'ai bien peur de vous laisser une position sans espoir.

– Bon, d'accord. Je tente un sauvetage.

Il prend donc place devant Sophie qui le fixe d'un regard réprobateur. Il bouge un pion et provoque un air déçu chez son adversaire. Ils échangent quelques ripostes et parades en silence. Finalement, Sophie lui adresse la parole :

– Croyez que je vois bien dans votre jeu !

– Quoi ? Je n'ai rien à cacher. Mon seul but en déplaçant ce cavalier est de gagner.

– Je ne parle pas de ce jeu-là, mais de votre amitié retrouvée avec Nicolas. Vous vous servez de lui pour mettre le nez dans mes affaires.

– J'ai parfaitement le droit de faire une randonnée équestre avec un camarade qui m'honore de son amitié en m'invitant ensuite à souper.

— Cessez de jouer l'innocent !

— Il est vrai que la meilleure façon de découvrir la faille à votre armure est de vous surveiller. Vous commettrez bien une erreur et je veux être là pour recueillir le renseignement qui fera cesser vos prétentions.

— Vous n'avez vraiment rien de mieux à faire pour meubler votre oisiveté que de jouer les espions !

— Espion, soit ! Mais pour une bonne cause. Je vois dans l'adoration maladive que vous porte Nicolas une peur inexplicable sinon par un odieux chantage de votre part. J'ai de l'amitié pour Nicolas et je le libérerai de votre emprise. Souvenez-vous de mes paroles. Je sortirai vainqueur de ce duel !

— En attendant, échec et mat ! annonce-t-elle triomphalement en déplaçant son fou à travers l'échiquier.

Le comte fronce les sourcils en reportant son attention sur les pièces blanches et noires. Il doit se rendre à l'évidence, son roi est encerclé. Il est sauvé de tout commentaire par la cloche d'appel au repas.

* *
*

« Quel hypocrite ! » pense Sophie tout en attaquant son morceau de poulet. « Comment peut-il être d'aussi bonne compagnie pour le père d'Élyse et aussi exécrable avec moi ? Visage à deux faces ! Tous pareils ces aristocrates ! Ils enjôlent d'un sourire ceux dont ils dépendent et foulent aux pieds ceux qui dépendent d'eux. »

Le comte et le banquier s'entretiennent du nouveau scandale autour du duc de Choiseul et des conflits du roi avec les parlementaires. Félix de Charenton occupe la tête de la table. Il a à sa gauche le comte et à sa droite Nicolas. Assise à côté de Nicolas, Sophie fait face à Élyse et peut examiner le comte de biais.

– Dites-moi, Monsieur le Comte, reprend le banquier, vous qui êtes souvent dans l'entourage du roi, peut-être pourriez-vous m'aider à propos d'un pari que j'ai promis de prendre sur des pourparlers qui sont maintenant en cours à Versailles quant à la gouvernance de la Corse ? Qui finira par avoir la charge de la Corse selon vous : la France ou la république de Gênes ? Ou pensez-vous qu'il vaudrait mieux laisser l'île aux Corses et à Pascal Paoli ?

– J'ai entendu dire que Choiseul correspond avec Paoli. À mon avis, nous ferions mieux de couper nos pertes. Gênes est incapable de repayer ses dettes et pourrait être tentée de se débarrasser de la Corse et de ses constantes insurrections. La France aurait avantage à ne pas devoir s'occuper de ce nid de guêpes. Personnellement, je voterais pour Paoli.

— Et vous perdriez ! interrompt Sophie qui se souvient que Napoléon Bonaparte était (sera) corse et français. La France va prendre le contrôle de la Corse.

— Ah, vraiment ! Vous semblez bien sûre de ce que vous avancez. Auriez-vous, par hasard, la confiance de personnes placées près du roi et qui vous feraient des confidences ? ironise-t-il.

— Et pourquoi pas ? Qu'en savez-vous ?

Ils se défient du regard. Le financier joue le médiateur.

— Je vous remercie tous les deux. Me voilà muni maintenant de deux possibilités. Nicolas, as-tu une suggestion ?

— Si Mademoiselle de Mouchel dit que la Corse deviendra propriété de la France, c'est qu'elle le sera.

« Quelle vénération ! Pour lui tout ce qui sort de la bouche de mademoiselle de Mouchel tient du dogme. Mais qu'est-ce qu'elle lui a fait ? » s'interroge François.

— Bon, il semble que je ne partage pas l'opinion de la majorité, ajoute-t-il tout haut.

Sophie note avec dépit que l'avis d'Élyse n'a pas été sollicité. Que vaut l'opinion d'une femme, n'est-ce pas ? La politesse seule a voulu que son intervention soit retenue.

* *
*

Malgré les doutes que Sophie commence à entretenir sur ses intentions, le comte finit par prendre congé. Il remercie chaleureusement le banquier pour son hospitalité. Celui-ci non moins chaleureusement assure le comte que sa compagnie ne le lasse jamais. Nicolas et François réaffirment que leur après-midi a été des plus agréables et se doit d'être répété. Élyse a droit à un compliment rehaussé d'un baisemain délicat. Le jeune homme passe ensuite à Sophie qui se tient près de son amie.

— Vous me devez une revanche aux échecs, déclare-t-il.

Sophie relève les sourcils et le nez, irritée par le ton de commande.

« Je ne vais quand même pas lui donner une nouvelle raison de mettre les pieds ici », pense-t-elle. « Et puis, pourquoi pas après tout ? Il ne sera jamais capable d'imaginer la vérité et ça m'amusera de le voir se dépenser en vaines tentatives. »

Elle réplique :

— Si vous tenez absolument à perdre de nouveau, cela peut s'arranger pourvu qu'Élyse et son père n'y voient aucun inconvénient.

— Il me faut être chez le roi à midi, demain. Que diriez-vous si je venais ici vers neuf heures du matin ?

— Neuf heures, cela me va, répond-elle après avoir consulté Élyse du regard, tout en s'étonnant de l'empressement du comte.

— À demain, alors.

* *

*

Le comte est assis devant l'échiquier lorsque Sophie et Élyse entrent au salon, prévenues par Jacinthe de son arrivée. Élyse accueille chaleureusement le comte et tous deux discutent brièvement du livre qu'elle a choisi pour la matinée. Les trois jeunes gens comprennent parfaitement la nécessité de la présence d'Élyse dans la pièce en tant que chaperon.

— Alors prêt pour votre défaite ? fait Sophie en guise de préambule.

— Nullement, c'est à la vôtre qu'il faut s'attendre.

— N'y comptez pas. Si nous commencions ?

Ils roulent les dés pour décider de la couleur de leurs pièces. Pendant une heure, ils se concentrent à deviner chaque mouvement de l'adversaire sans échanger aucune parole. Une même détermination de gagner les domine. En attendant de jouer, Sophie réfléchit : « Zut, il est meilleur joueur qu'Élyse. La victoire ne sera pas si facile. Déjà, à une heure aussi matinale, il porte poudre et perruque. À croire qu'il les a portées pour dormir ! Il semble aujourd'hui rasé de près, sans doute parce qu'il est attendu chez le roi. Comme il se concentre. C'en est presque comique. Oh ciel, quels yeux ! Vus sous cet angle et avec ce soleil, ils ont l'air transparent. »

Perdue dans ses réflexions, Sophie tarde à ramener son attention sur la guerre en noir et blanc.

— C'est votre tour, fait-il.

— Ah oui, pardon.

Après trois ripostes, elle ajoute :

— Échec au roi.

Le jeune homme n'est pas surpris, car il regrette de ne pas avoir abandonné son cavalier au coup précédent. Il ne lui reste plus qu'à sacrifier sa reine.

— Et voilà ! Une reine abattue, assassinée, guillotinée par un pauvre pion, commente-t-elle avec l'assurance du vainqueur.

— Guillotinée ? Qu'est-ce que c'est que ce mot ?

— Oh... un synonyme de décapitée. Je suis sûre qu'un jour il fera partie de votre vocabulaire courant.

Le demi-sourire de Sophie le convainc qu'elle se moque de lui.

— En fait, ne voyez-vous pas de parallèles entre la victoire de ce pion sur une reine et le climat politique actuel, ajoute-t-elle.

— Non, si ce n'est que j'ai fait disparaître l'insolent qui s'en est pris à ma reine.

— L'important n'est pas que vous punissiez mon pion. J'en ai plusieurs autres pour mener bataille. Non. L'important, c'est que votre reine disparaisse parce que vous avez sous-estimé la force des pions. Ils sont le peuple.

— Dois-je comprendre que le peuple va s'en prendre à la reine ?

— Il faut être aveugle pour ne pas voir aujourd'hui les signes précurseurs de troubles et de révolte. C'est votre tour.

François avance une pièce et reprend :

— Je ne vois aucun signe de révolte. Le peuple aime la royauté. Il adore vénérer plus haut que lui. Cela dure depuis plus d'un millénaire.

— La soif de grandeur perdra les rois.

— Le pays a déjà eu des problèmes sans que le peuple n'attaque le roi pour autant. Le blâme est tombé sur ses conseillers. Qu'y aurait-il de différent cette fois ?

— Ah, mais les gens prennent l'habitude de penser, de rationaliser, de remettre les dogmes en question.

— Vous voulez parler de Voltaire et de ses comparses. Voici justement qui prouve mon argument. Depuis trente ans, les philosophes exposent les abus de l'Église, dans des fascicules qui se vendent à prix fort dès que le Parlement en brûle un exemplaire sur le grand escalier du Palais. En quoi toutes ces critiques ont-elles ébranlé l'Église ? En rien. N'oubliez pas de jouer.

— Vous sous-estimez l'emprise et l'infiltration des idées nouvelles dans toutes les couches de la société.

— Malgré tous ses défauts et le potentiel d'abus de pouvoir, la royauté fait partie de la réalité ici-bas. Alors il vaut mieux apprendre à vivre avec elle.

— Quelle attitude défaitiste ! Je crois fermement au progrès, à l'avancée de l'humanité vers une meilleure vie individuelle et collective. Pour cela, il faut un meilleur système politique qu'une dictature, comme le désire Voltaire, même avec un roi philosophe. Voilà, je prends votre tour.

— Et que proposez-vous comme système ?

— La démocratie, la république, un gouvernement entièrement élu pour des mandats fixes, l'abolition des privilèges de la noblesse…

Le comte ricane.

— Rien que cela ! Il vous faudra une révolution, ni plus ni moins. Et le sang risque de couler.

— Malheureusement, je crois qu'une révolution est inévitable. J'aimerais cent fois mieux que le roi décide lui-même de laisser son pouvoir à un parlement démocratique, que la noblesse reconnaisse qu'elle vit aux dépens du peuple.

— Je ne vis pas aux dépens du peuple ! s'exclame François, pendant qu'Élyse dresse l'oreille. La charge que je possède est une contribution honorifique. Mes revenus viennent de rentes sur les terres héritées de mes ancêtres. Personne ne crève de faim sur mes terres.

— Soit ! Êtes-vous l'exception ou la règle ?

Le comte aimerait pouvoir répondre *la règle*, mais doit en toute conscience s'en abstenir. Il choisit la contre-attaque.

— Qu'est-ce que tout ce venin contre l'aristocratie ? Ne prétendez-vous pas être vous-même de souche noble ? Après tout, vous vivez de la charité du banquier.

Sophie serre les dents. Elle n'apprécie pas la vérité de la dernière phrase et craint d'embarrasser Élyse.

— Je suis une invitée, Monsieur, dans cette maison. Le père de mes amis décide lui-même où il veut dépenser son propre argent. Soit dit en passant, échec et mat.

— Quoi ? Ce n'est pas possible ! Mon roi n'est même pas en échec.

— Il le sera au prochain coup, quoi que vous fassiez. Vous voyez ! Vous n'avez même pas pu prévoir la défaite de votre roi, qu'elle était déjà assurée !

François fait l'inventaire de toutes ses ripostes possibles. Aucune d'elles ne sauve sa pièce maîtresse.

— Alors vous jouez ? demande-t-elle d'un air faussement détaché.

— Je vous concède la victoire, fait-il en ravalant son dépit. Mais je suis certain que vous ne pourrez répéter cet exploit. Une autre partie le prouverait. Ne voudriez-vous pas une autre occasion de me battre ?

Sophie hésite.

— Hum, ce pourrait être plaisant en effet.

Il jette un coup d'œil rapide à l'horloge grand-père.

— Midi moins le quart ! Morbleu, je vais être en retard chez le roi. Cette revanche devra être remise à plus tard, car je dois partir. Quand est-ce possible ?

Sophie fait mine de réfléchir, puis répond :

— Même heure, l'an prochain.

Et voyant l'air irrité du comte, elle corrige :

— Je blaguais, je blaguais. Que diriez-vous de mardi, dix heures ?

Radouci, il acquiesce :

— Parfait. Je n'ai d'ailleurs rien de pressant ce jour-là. Je ne risque pas de partir de cette façon précipitée.

Il se dirige vers la porte, suivi nonchalamment par Sophie. Élyse remarque les préparations de départ et abandonne son livre.

— Vous nous quittez déjà, Monsieur le Comte ? conclut-elle.

— Oui, malheureusement, je suis attendu.

— Et cette partie d'échecs ? Qui l'a gagnée ? demande Élyse.

— Mademoiselle de Mouchel se fera un plaisir de répondre à cette question. Permettez-moi de vous faire mes salutations. Au revoir, mesdemoiselles.

　　　　　iPod et minijupe au 18ᵉ siècle

                    *   *

                       *

L'attention de Sophie vole des pages imprimées au souvenir des événements de la matinée. « Qu'est-ce qui m'a pris de commencer une discussion sur la déchéance de la royauté ? Ce monde n'est pas encore prêt pour cela. Il manque encore une couple de décennies. On est content de critiquer l'Église, mais pas le roi. J'ai seulement réussi à lui donner des munitions pour sa lutte contre moi. Ce n'est pas très brillant ça, Sophie. Mardi, je m'en tiendrai à des badineries. C'est une résolution », décide-t-elle.

                    *   *

                       *

Sophie regarde François d'un air interrogateur, en ce mardi ensoleillé de mai 1768. Celui-ci note, en s'assoyant de l'autre côté de l'échiquier :

— Qu'y a-t-il ?

— Rien. Je me demandais ce que vous aviez de différent ce matin, mais je m'aperçois que vous ne portez ni poudre ni perruque.

Ses cheveux blonds se trouvent en effet à découvert, regroupés en une queue-de-cheval qui atteint la base du cou.

— Je ne vais quand même pas me parer pour une simple partie d'échecs avec vous, déclare-t-il d'un ton hautain.

Sophie éclate de rire.

— Si vous croyiez me froisser, eh bien, c'est raté. Je trouve la poudre et la perruque absolument ridicules.

— Je n'ai pas l'intention de me porter à leur défense, répond-il en haussant les épaules. Je n'aime moi-même guère les porter. Ils font partie de l'étiquette. Je ne saurais me présenter à la cour du roi autrement. Ce serait un affront. La noblesse doit respecter une manière de vie basée sur la grâce et le bon goût.

— Ah, je vois. Le bon goût consiste à ressembler à un cadavre et à en porter les cheveux.

Cette fois, le comte rit de bon cœur.

— Bon, j'avoue que, sous cet angle, la pratique semble ridicule. Elle n'en distingue pas moins la noblesse de la roture. Heureusement, les différences ne s'arrêtent pas à ces détails insignifiants. Si nous jouions?

Sophie succombe presque à l'envie de le piquer en disant qu'il n'y a pas tant de différences entre la noblesse et la roture, mais elle se rappelle sa résolution. Un silence lourd de concentration s'installe dans le salon. Après une heure et demie, le bilan des morts s'élève à une reine pour François et à un fou, un cavalier et un pion pour Sophie. François brise le silence en disant :

Vous jouez rudement bien aux échecs, pour une femme.

— En quoi mon sexe est-il pertinent, je vous prie ?

Surpris par l'animosité de cette réplique à une remarque plaisante de sa part, François explique :

— J'ai rarement pu constater un grand esprit de stratégie chez la gent féminine. La frivolité, les mesquineries, les évanouissements et la mise au monde des enfants me semblent plutôt l'essence du domaine féminin.

— Et sur quoi basez-vous de telles généralisations ?

— Mon expérience de tous les jours. À la cour, les jeunes filles soignent leur toilette pour attirer un futur mari et les femmes pour attirer quelqu'un d'autre que leur mari. Un ruban, une dentelle nourrissent les conversations pendant des heures. Si encore les dames se limitaient à découper des chiffons, mais il faut qu'elles déchirent leur voisine quand elle a le dos tourné.

— Les femmes ne sont pas que mesquinerie !

— Elles ont beaucoup de temps pour cela, confiant à une gouvernante la seule occupation pour laquelle elles auraient une aptitude : l'éducation des enfants. Avez-vous l'intention de jouer, oui ou non ?

Sophie déplace une pièce presque au hasard, puis continue :

– S'il leur était permis d'étudier dans les universités, vous verriez des femmes avocates, juges, mathématiciennes, ingénieures. Les hommes, eux, pourraient s'occuper un peu plus des enfants.

François raille :

– Les hommes à la place des femmes et vice-versa. Vous avez autant d'imagination pour les sociétés farfelues que Lesconvel et Tyssot de Patot. Pourquoi ne pas y mettre quelques habitants de la Singimanie[1] pendant que vous y êtes ? J'ai joué.

– Je suis sérieuse ! Un jour, les femmes voudront être traitées en égales.

– Égales à qui ? À un paysan ? Au roi ?

– Aux deux, car tous les hommes naissent égaux.

– Quelle phrase idiote !

– Je parle d'égalité de droit.

– Nous voici de nouveau dans le domaine de l'utopie !

– Vous croyez que votre sang et votre hérédité vous donnent droit à une existence privilégiée. Moi je vous dis que si, à votre naissance, vous aviez été substitué pour un petit paysan, tout le beau sang bleu dans vos veines ne vous aurait pas empêché de crever de faim comme un paysan.

Le comte blêmit. Un moment de silence précède sa réponse :

____

1. Pays imaginaire décrit dans les *Songes philosophiques* du Marquis d'Argens, ouvrage publié en 1746.

 iPod et minijupe au 18ᵉ siècle

— Non ! Je ne crois pas complètement à ce tableau. Je concède que, né paysan, il me serait impossible d'accéder aux emplois réservés à l'aristocratie. Contrairement à Rousseau, cependant, je ne crois pas qu'un individu soit complètement moulé par son éducation. Chacun ressemble un peu à ses parents et je ne parle pas uniquement de l'aspect physique. Les aristocrates ont pour ancêtres des meneurs d'hommes. Ils ont transmis cette caractéristique à leurs fils.

— Bref vous croyez en un gène pour la capacité de mener les hommes ! Un gène dominant ou récessif ? raille-t-elle.

— Pardon ? À quoi faites-vous allusion ?

— À rien du tout, s'empresse-t-elle de le rassurer. Vous avez partiellement raison. Le conditionnement extérieur et l'hérédité ont tous les deux un rôle à jouer. Je veux dire, simplement, que les premiers aristocrates ont acquis leur pouvoir à cause de leurs qualités de chefs. Ils ont ensuite établi un système qui assure à leurs descendants un accès facile au gouvernement même si leur progéniture n'a pas les mêmes ambitions qu'eux.

— Il me semble tout à fait normal qu'un parent veuille faciliter la vie à ses propres enfants. Ce trait n'est pas réservé à la noblesse.

— Non, mais les nobles le font aux dépens des autres classes sociales. Tout le monde devrait avoir droit à la même éducation et accéder aux mêmes postes sans que cela ne dépende de la naissance.

— Je vois. Vous croyez donc que l'éducation universelle éliminera les classes sociales. Je ne partage pas votre opinion. Échec au roi !

— Je ne prétends pas éliminer les inégalités. Après tout, chaque individu est différent. Bon, voyons un peu si mon roi est menacé.

Sophie fronce les sourcils pendant que François dissimule un sourire de la main. Elle peut encore gagner ou retarder la défaite, s'il bouge son fou plutôt que son cavalier au prochain tour. Faible espoir, mais elle s'y accroche. Elle avale la pièce qui la menace puis attend. Le comte avance aussitôt son cavalier.

— Échec et mat. Remarquez, j'y suis arrivé sans l'aide de ma reine, sans une femme ! La vôtre a perdu votre roi en lui bloquant la sortie.

— Et vous y voyez une implication profonde, peut-être !

— Je constate seulement que j'ai gagné et que nous sommes maintenant à égalité.

— Absolument pas ! Vous n'avez gagné qu'une seule fois.

— La première partie ne compte pas. J'avais hérité d'une situation désespérée, s'insurge-t-il en montrant Élyse encore absorbée par un travail de broderie. Mais je ne demande pas mieux que de vous affronter une autre fois. Jeudi, même heure ?

— D'accord.

                    *   *

                       *

« J'en suis une belle pour garder une résolution », constate Sophie pour elle-même en
le regardant partir. « Pas de sujet controversé,
n'est-ce pas ! Et voilà que je lance une discussion sur l'égalité des classes ! Sophie, tu n'as
pas à être fière. À ce rythme-là, il va pouvoir
accumuler assez de preuves pour t'accuser
d'anarchie, d'anti-royalisme et de sympathies
révolutionnaires. Je t'en conjure, les prochai-
nes fois, tiens-t-en à des banalités même si tu
as une envie folle de lui rabattre le caquet. »

CHAPITRE 7

L'investigation

Extrait du journal intime de François Philippe Emmanuel Maillard, comte de Besanceau.

Le 5 juin 1768

Ce matin, m'est parvenue la dernière réponse à toutes mes lettres envoyées aux curés de la région de Lyon. Comme toutes les autres, cette missive nie l'existence ou le décès d'un membre d'une famille noble appelée de Mouchel. En fait, personne de cette famille n'y est enregistré. Aucune naissance, aucun baptême, aucun mariage. Voilà mes doutes confirmés. Ai-je rassemblé une preuve suffisante de sa duplicité ? Elle a vécu dans les environs de Lyon avant de venir à Paris, mais sa famille pourrait venir d'une autre partie de la France. Il me semble insensé d'écrire à toutes les paroisses françaises pour leur demander de consulter leur registre.

Inutile de la questionner directement, car depuis quelques semaines, je n'obtiens que des « cela ne vous regarde pas » et des « mêlez-vous de vos affaires ». Seule variante, « c'est un secret entre femmes » m'a été servie lorsque je l'interrogeais à propos de la pièce près du grenier. Devenues hebdomadaires, nos parties d'échecs n'ont apporté aucun renseignement, hormis les deux premières où elle s'est montrée gâtée jusqu'au cœur par des idées révolutionnaires. Nous sommes de la même force aux échecs, voilà tout ce que j'ai pu prouver. Elle évite tous les sujets dangereux, malgré mes efforts pour la faire sortir de ses gonds.

Devant son mutisme sélectif, il me fallait changer de tactique. Lundi passé, lorsque Nicolas proposa d'aller à la foire avec les demoiselles, l'occasion me parut belle d'espionner Mademoiselle de Mouchel autrement que derrière un échiquier. J'acceptai de les accompagner. Bien sûr, rien ne m'empêchait d'aller à la foire et de les y rencontrer par « hasard ». Toutefois l'hypocrisie d'une telle démarche me rebuta.

Je me suis présenté chez le banquier aujourd'hui, comme convenu. Élyse et Nicolas achevaient leurs derniers préparatifs. Élyse allait sonner la servante pour lui demander de prévenir Sophie occupée à couper des fleurs dans le jardin, lorsque je lui proposai d'y aller. J'entendis Sophie chantonner parmi les rosiers. Elle ne perçut pas mon approche et

 iPod et minijupe au 18ᵉ siècle

je pus l'observer à son insu. Le libretto de son air se limitait à « Pom pom pom pom pom » et n'avait pour tout mérite que de rythmer une danse ridicule. Une paume soutenait son ventre pendant que l'autre s'agitait comme pour saluer un visiteur sur le point de partir. Ses jambes se contorsionnaient, en envoyant les talons vers le côté tout en maintenant la plante du pied comme pivot. Au hasard d'une pirouette, elle me vit et en resta interdite, une cheville frisant l'entorse. Je lui demandai si elle se savait atteinte de la danse de Saint-Guy. Elle me reprocha de l'espionner, d'un ton acerbe qui n'effaça nullement mon sourire amusé. Je l'avertis de l'imminence du départ. Sans un mot, elle ramassa les roses déposées sur un banc. D'un air hautain contrastant comiquement avec la démonstration qui avait précédé, elle se dirigea vers la maison sans m'attendre.

L'après-midi s'écoula agréablement à déambuler de kiosque en kiosque, à applaudir les jongleurs et les acrobates et à manger des confiseries. L'excursion n'aurait pas fourni de nouveau renseignement si un événement des plus singuliers n'était arrivé, dont le mysticisme me fait encore frissonner. Devant la roulotte d'une gitane ancrée un peu à l'écart de la foule, Mademoiselle de Charenton eut envie de se faire lire les lignes de la main comme l'y conviait une affiche au-dessus de la porte. Sophie dénonça tout de suite ce genre d'activité comme superstition et sornette, ce qui n'empêcha pas Élyse d'insister sur le côté amusant de la chose. Je proposai donc à Mademoiselle de Charenton de lui payer sa « bonne aventure ». Elle déclina mon offre, ne voulant pas nous retarder tous pour une fantaisie. Nicolas établit le consensus en proposant que nous y allions tous.

Aussitôt dit, aussitôt fait. Nous nous trouvâmes bientôt assis autour d'une petite table. Aucune lumière de l'extérieur ne s'infiltrait dans la roulotte. Il me sembla que l'air frais y manquait également. Un rideau isolait la chambre de « consultation » du désordre ménager. Deux flammes s'étouffaient dans la cire de mauvaises chandelles et créaient plus d'ombre que de clarté. Lorsqu'après avoir longtemps sondé sa main, la vieille femme annonça à Élyse qu'elle aurait une vie sans problème financier, Sophie commenta tout bas que l'habillement d'Élyse ne permettait pas de croire le contraire. La gitane prédit encore un mariage d'amour avec un bel officier. Sophie railla à mon oreille que la règle numéro un des diseuses de bonne aventure est de dire ce que leur client veut entendre. Puis, ce fut le tour de Nicolas. Un bon mariage lui était destiné. Je fus prié par ma voisine de noter la nuance entre un bon mariage et un mariage d'amour.

Vint ensuite le moment où j'étendis ma main sur la table, résigné à me voir accablé par un quelconque mariage et une douzaine d'héritiers. Quelle ne fut pas ma surprise de voir la gitane froncer les sourcils, m'examiner longuement et marmonner «jamais rien vu de semblable», «étrange»! Plus intrigué que je n'aurais dû l'être, je la pressai de préciser mon avenir. Non sans hésitation, elle consentit à dire : «Je vois dans votre main deux vies différentes». Sophie s'esclaffa aussitôt en riant : «Vous avez une double personnalité, c'est même écrit dans votre main». Je lui répondis par une grimace pendant que la gitane précisait : «Deux vies séparées par un vide. Je vois une même femme dans les deux vies. Je ne saurais dire si son influence est bonne ou mauvaise. Elle est là, presque toujours». Une longue pause suivit sa tirade. J'aurais préféré l'annonce d'un mariage à ce mystère.

La perplexité qui se lisait clairement sur le visage de la tsigane engendra un malaise inquiétant. Pour soulager l'atmosphère, Sophie plaisanta, en présentant sa main, qu'elle espérait me battre en ayant trois ou quatre vies. Si elle voulait prendre comme mesure l'émoi qu'elle causa à la vieille femme, elle réussit certainement. Le front encore chargé des interrogations que j'avais suscitées, la gitane se pencha sur la main de Sophie. Fixant intensément cette dernière, elle ne fut plus qu'épouvante. Je sentis un frisson me parcourir l'échine. La magicienne s'était reculée et, d'un ton implorant, elle nous supplia de *partir. Sophie insista pour que la femme lui dise ce qu'elle voyait de si terrible. La vieille ne consentit à dire qu'une chose, à condition de nous voir partir. Du fond de la pièce où elle s'était réfugiée, elle murmura en fixant Sophie : « Vous n'êtes pas née ».*

Élyse étouffa un petit cri. Nicolas regarda obstinément le plancher. Sophie serra son poing sur sa poitrine. Je fus convaincu qu'elle comprenait cette phrase inachevée. Comment la terminer ? « Vous n'êtes pas née des parents que vous connaissez » ou « Vous n'êtes pas née noble » ou encore « Vous n'êtes pas née sous le nom que vous utilisez ». Qu'y aurait-il eu de si épouvantable à cela ? Quelque mystère familial, quelque fraude tout au plus. À moins que la famille ne soit puissante.

Est-ce qu'une gitane peut lire tout cela dans une main ? Elle n'aurait pas été moins effrayée devant le diable en personne. Sophie serait-elle issue d'un accouplement démoniaque ? Ma raison m'ordonne d'abandonner cette idée. Pourtant, je ne trouve aucune explication à la force miraculeuse qui lui permet de soulever un homme dans les airs, au génie qui lui fait résoudre des problèmes mathématiques, aux activités secrètes dans le grenier, ainsi qu'à la peur qu'elle engendre chez Nicolas et maintenant chez cette bohémienne.

Lorsque nous sommes finalement sortis de la roulotte, Mademoiselle de Mouchel a suggéré que cette charlatane avait un goût

	iPod et minijupe au 18ᵉ siècle

étrange pour le mystère et un talent pour le drame. Dois-je m'en tenir à cela? Le climat d'appréhension créé en lisant ma propre main en témoignerait. Il n'y a rien dans mon passé, et j'en suis certain, rien dans mon futur, qui puisse le justifier. Alors pourquoi n'en serait-il pas de même pour Mademoiselle de Mouchel? La vieille a peut-être voulu se venger du scepticisme de Sophie en lui jouant la comédie du désastre.

Je suis retourné voir la gitane après un court repos à mon hôtel, pour en avoir le cœur net. J'espérais, avec une somme respectable, l'inciter à me dire toute la vérité. Le désappointement me gagna quand je constatai l'absence de la roulotte. Je me renseignai au kiosque le plus proche. On ne put m'informer. Toutefois un couple m'avait précédé avec les mêmes questions. La description que je réussis à glaner pouvait très bien correspondre à Monsieur de Charenton et à Mademoiselle de Mouchel. Que lui voulait-elle? Acheter son silence? Encore des questions, pas de réponses.

— Quel est donc cet air que tu siffles? Je ne le reconnais pas, demande Olivier.

— Quoi? Ah ça! Juste une mélodie que Mademoiselle de Mouchel chantonnait pendant notre partie d'échecs aujourd'hui, répond François en se laissant poudrer par son valet. Je suis certain qu'elle le faisait d'ailleurs pour gêner ma concentration. J'ai gagné malgré tout. Elle a quand même réussi à me planter cet air-là dans la tête ; je n'arrive pas à m'en débarrasser.

Olivier a un petit rire et reprend son va-et-vient dans la chambre. Quelques secondes plus tard, le boléro de Ravel rejaillit des lèvres de son interprète.

— Une partie d'échecs hebdomadaire, une excursion à la foire, de nombreux dîners. Je ne t'ai jamais vu aussi assidu auprès d'une demoiselle, se moque Olivier.

— Ne te méprends pas sur mes raisons ! Je ne le fais que pour découvrir son secret.

— Oui, oui, j'en suis certain, raille encore Olivier. En fait, je crois que cette demoiselle t'a tout simplement ensorcelé et tu ne t'en rends pas compte. Elle prépare ses potions magiques dans le grenier et t'en fait absorber petit à petit. Après tout, n'a-t-elle pas terrifié la diseuse de bonne aventure ? Peut-être dégage-t-elle une onde maléfique ? Devrait-on penser à l'exorcisme ou au bûcher ?

— Si je ne savais pas que tu plaisantes, je te traiterais de bigot et d'obtus. En tant que fidèle de Descartes, je cherche l'explication logique et rationnelle à toutes ces anomalies. T'ai-je dit qu'elle est absolument nulle en latin ? Elle a pu échapper à cette torture. Pendant que

   iPod et minijupe au 18e siècle

je m'échinais sur les discours des généraux romains, elle devait avoir un précepteur féru de mathématiques.

— Comment est-elle en histoire ?

— Ses connaissances sont très fragmentaires. D'un côté, elle peut ignorer un événement qui date de quelques années, d'un autre côté, elle peut parler longuement de ce qu'elle appelle la préhistoire. Selon elle, avant que l'humanité n'existe, il y aurait eu des espèces de dragons de contes de fée, dont on aurait retrouvé les ossements : des dinosaures. Si je lui demande d'où elle tient de telles fables, elle répond qu'elle l'a lu quelque part. Le nombre de choses qu'elle a lues quelque part est faramineux.

— Dois-je te rappeler que nous allons à l'opéra et que si tu ne cesses de t'agiter, ton valet n'arrivera jamais à compléter ta toilette !

— Ça va, ça va, je me calme. Il ne reste plus que la perruque.

François reporte son attention sur sa réflexion dans le miroir, et Olivier sur ses réflexions. Celles-ci l'amènent à se souvenir d'un événement de la matinée :

— Étais-tu au courant que Gênes nous a cédé la Corse ?

— Vraiment ? Non, je ne savais pas.

— Un traité a été signé à Versailles le mois dernier. Il ne reste plus qu'à y envoyer l'armée pour prendre le contrôle de toute l'île.

Olivier se tourne vers la fenêtre et, par conséquent, ne note pas les points d'interrogation dans les yeux du comte. Il n'entend pas davantage le murmure :

— Comment a t-elle su ?

                    iPod et minijupe au 18ᵉ siècle

CHAPITRE 8

L'accident

Extrait du journal intime de François Philippe Emmanuel Maillard, comte de Besanceau.

Le 26 juin 1768
Parviendrai-je par l'écriture à épancher le tumulte de mon esprit et de mes émotions ? Pourrai-je faire revivre ou s'effacer l'horreur, la peur, le délice, la curiosité et la culpabilité qui ont marqué cette journée ? Par où commencer ? Ma raison me dicte l'ordre chronologique, ma passion tente d'y substituer l'horreur de l'accident, ses conséquences, ma colère et les questions qui m'assaillent. Laissons la raison prévaloir.

La journée s'annonçait pourtant paisible. Comme je l'avais promis à Nicolas, je me présentai chez le banquier pour le remplacer et accompagner Mademoiselle de Mouchel pour faire des achats. Je prévoyais une interminable attente chez la modiste ou le chapelier. L'avenir me démentit.

Arrivé avec plusieurs minutes d'avance, je fus invité à attendre au salon. Pour tromper mon ennui, j'avisai un volume recouvert d'un protège-livre en tissu qui traînait sur une table. Je m'en emparai. Le titre, répété en haut de toutes les pages de gauche, était Les misérables. *La première page me fournit le nom de l'auteur :* Victor Hugo. *J'appris aussi qu'il s'agissait d'un roman. L'auteur, tout autant que l'ouvrage, m'était tout à fait inconnu. Je sautai la préface, car je sais par expérience qu'elle est souvent incompréhensible avant la lecture du livre lui-même. La première phrase retint tout de suite mon attention. Elle se lisait comme suit :*

« En 1815, M. Charles-François-Bienvenu Myriel était évêque de Digne. »

L'originalité de situer l'action dans le futur n'avait d'égal que l'emploi de l'imparfait pour suggérer que l'auteur lui-même appartenait à un futur plus éloigné encore. Amusé, je poursuivis. Je ne pus m'empêcher de sourire en lisant :

« Vrai ou faux, ce qu'on dit des hommes tient souvent autant de place dans leur vie et surtout dans leur destinée que ce qu'ils font. »

Je perdis toutefois mon sourire lorsque juste avant de tourner la page, je vis :

« La Révolution survint… »

     iPod et minijupe au 18e siècle

Il était question de familles traquées, forcées à fuir la France. Un dernier bout de phrase me reste en mémoire :

« L'écroulement de l'ancienne société française, la chute de sa propre famille, les tragiques spectacles de 93, plus effrayants encore peut-être pour les émigrés... »

J'avais donc dans les mains un ouvrage qui, à l'instar de Mademoiselle de Mouchel, prédisait une révolution en 1793. Car peut-on comprendre autre chose dans « les tragiques spectacles de 93 » ?

J'entendis bientôt Sophie s'approcher. Je refermai le livre en vitesse et le déposai sur la table. Je fis semblant de me tourner les pouces. C'est dans cette position ennuyée qu'elle me trouva. Je m'enquis alors du but de ses courses. Mon étonnement devait être apparent lorsqu'elle énuméra : « 50 mètres de fil de cuivre, un filament de tungstène et un flacon de nitrate d'argent ». J'eus droit à un « c'est un secret de femme » avant de dire quoi que ce soit. Lorsque je demandai où elle comptait trouver ces articles, elle m'indiqua le nom d'un apothicaire dans le quartier du Marais. Je l'avertis que le quartier avait mauvaise réputation. Elle répondit que j'étais justement requis à cause de cela.

L'étroitesse et l'encombrement des ruelles nous obligèrent à troquer le carrosse contre la marche, trois ou quatre pâtés de maisons avant notre destination. L'accueil de l'apothicaire me fit comprendre qu'elle n'en était pas à sa première visite. Il lui fournit les articles demandés. Elle se plaignit toutefois de l'épaisseur du filament de tungstène. Elle ne l'en acheta pas moins.

Sur le chemin du retour, elle me décrivit les propriétés physiques de ce matériel qui, selon elle, produisait une lumière blanche s'il était chauffé. Tout à son cours de sciences naturelles, elle ne perçut pas le brouhaha croissant derrière nous. Jetant presque inconsciemment un coup d'œil par-dessus mon épaule, je vis en un éclair les passants s'écarter de part et d'autre de la route en un mouvement qui me rappela la mer Rouge sous l'ordre de Moïse. Un carrosse emporté à vive allure m'apparut et nous étions en plein sur sa course. Il n'y avait pas une seconde à perdre. J'empoignai Mademoiselle de Mouchel par la taille et lui plaquai le dos au mur, à sa droite. Elle oublia de s'en indigner.

Le carrosse nous manqua de justesse. Nous regardions le bolide s'éloigner lorsqu'elle demanda si les chevaux s'étaient emballés. Je répondis que j'avais cru voir le cocher les fouetter, ce qui permettait de croire qu'il désirait aller à ce train d'enfer. Pendant cet échange, je n'avais cessé d'enlacer Sophie de mon bras droit. Elle s'y agrippait de sa main gauche, l'autre étant crispée sur l'encolure de ma veste. Je n'aurais su dire si c'était moi qui la retenais ou elle qui le faisait. Une douce

   iPod et minijupe au 18ᵉ siècle

chaleur m'envahit. Ce moment furtif me sembla délicieux. Était-ce la joie d'être sain et sauf après un danger, l'excitation de tenir une femme dans mes bras, la satisfaction d'avoir exercé mon rôle de protecteur ou la complicité née d'une expérience troublante vécue ensemble ? Je ne saurais le dire. Je retardai le moment de m'arracher à cette étreinte.

Sophie venait tout juste de commenter qu'il y aurait tôt ou tard un accident, lorsque nous entendîmes des cris stridents suivis d'un silence causé par l'arrêt du roulement des roues sur le pavé. Nous échangeâmes un regard lourd de la même conclusion, que je verbalisai : « Plutôt tôt que tard. Allons voir ! »

Je lui pris la main (encore un geste de protection peut-être) et nous nous mîmes à courir en direction de l'attroupement. Embarrassée par sa robe, Sophie dut ralentir et je lâchai sa main. Je la devançais d'une dizaine de pas lorsque je vis la victime de l'accident. La tête blonde et bouclée d'un enfant d'environ quatre ans ornait un corps mutilé, la cage thoracique défoncée. Un petit bras enchevêtré dans les barreaux d'une des roues me fit détourner la tête. Une femme aux sanglots déchirants attira bientôt le cadavre sur sa poitrine. Je supposai qu'il s'agissait de la mère.

J'entendis Sophie me rejoindre. Je tentai de la prendre aux épaules pour, de mon corps, lui cacher ce tableau navrant. Je l'avertis qu'il était préférable qu'elle ne vît rien. Elle se dégagea cependant et l'expression horrifiée qui se peignit sur son visage me fit comprendre la vénalité de mes efforts pour lui dissimuler le drame.

À ce moment-là, l'occupante du carrosse ouvrit sa fenêtre pour s'enquérir de la raison de cet arrêt. Force fut au cocher d'expliquer, en montrant le corps, qu'un enfant était tombé sous les roues du carrosse. Les narines de la dame se pincèrent en signe de frustration. « C'est regrettable, mais c'est un accident. Nous ne pouvons rien y faire. Tu sais que je suis attendue et que je suis déjà en retard. Alors partons », fit-elle, d'un ton où ne perçaient ni sympathie, ni regret.

Personne ne dit mot ni ne bougea, mais tous les yeux devinrent éloquents de mépris et de haine. C'est alors que Sophie éclata : « Accident, mon œil ! Un meurtre plutôt. Votre carrosse se déplaçait à une vitesse criminelle. Vous en êtes entièrement responsable. Vous n'êtes qu'une... ». Je la bâillonnai de la main, assourdissant ainsi le mot « ordure » qui allait suivre. Sophie voulut se dégager en reculant. Je l'attirai à moi et lui enfouis le nez dans ma poitrine, coupant court à son invective contre Mademoiselle de Vaubernier. Cette dernière se pencha alors vers nous et me reconnut. Je ne saurais dire si elle avait clairement entendu les remarques de Sophie, mais elle demanda ce qu'avait ma compagne qu'elle me voyait étroitement enlacer. Je lui

　　　iPod et minijupe au 18e siècle

*dis que mon amie était une âme faible, à qui
la vue du sang faisait perdre les esprits. Mes
explications me valurent un coup de pied aux
mollets de la part de Sophie. Je retins un cri
et n'en resserrai pas moins mon étreinte. La
courtisane me pria de l'aider à disperser l'attroupement, à quoi je répondis que je n'étais
pas son serviteur. Elle haussa les épaules et
pressa de nouveau son cocher. Celui-ci fit claquer son fouet près de la tête des curieux qui
durent lui céder le passage.*

*Je ne libérai ma prisonnière que lorsque je
vis le carrosse tourner le coin de la rue. Un
volcan en ébullition n'aurait pas eu un aspect
plus furieux. De toute évidence, elle allait
reporter sur moi toute la colère accumulée
contre la courtisane. Sophie mit d'abord en
doute mon droit de l'empêcher de dire son
fait à cette criminelle. Jugeant qu'il valait
mieux mettre une bonne distance entre les
oreilles des badauds et la conversation qui
allait suivre, je lui pris le bras et l'entraînai
dans la direction où nous avions laissé notre calèche. Un espion de la police pouvait
si facilement être mêlé à cette foule. Après
une vingtaine de pas, Sophie se dégagea d'un
coup sec m'interdisant de porter la main sur
elle. Je tentai vainement de lui expliquer que
la dame qu'elle avait failli injurier attirait de
plus en plus l'attention du roi et qu'il valait
mieux ne pas s'en faire une ennemie. Elle répondit qu'elle n'avait jamais entendu parler*

d'une Mademoiselle de Vaubernier, mais elle marqua une pause lorsque je mentionnai la protection que lui accordait Jean-Baptiste du Barry.

J'eus ensuite droit à un torrent d'injures, dont la lâcheté et la bassesse de l'aristocratie me semblèrent les thèmes principaux. La colère me gagna également. Je lui reprochai son manque de bon sens, car invectiver la nouvelle favorite du roi pouvait éventuellement résulter en une lettre de cachet pour la Bastille. Loin de m'être reconnaissante de lui avoir ainsi évité l'emprisonnement, elle m'accusa de complicité criminelle, cria au meurtre et déblatéra contre la royauté et, bien sûr, contre l'aristocratie. J'en conçus une rage insurmontable.

« Vous n'êtes qu'un lâche ! » ne cessa-t-elle de me lancer à la figure.

Mademoiselle de Mouchel prit place dans la calèche. Je me laissai tomber à côté d'elle, à défaut de tout autre siège. Un lourd silence s'établit entre nous. Un soupir de soulagement m'échappa à la vue de notre destination. Mademoiselle de Charenton vint à la rencontre de l'attelage. Nos mines sombres scellèrent sur ses lèvres toute badinerie. Sophie sauta du carrosse la première, m'exprima son refus de me revoir, puis se dirigea vers la maison, la tête haute.

Interloquée, Élyse me regarda pour connaître ma version des événements. Je lui décrivis

 iPod et minijupe au 18e siècle

en quelques mots l'accident dont nous avions été témoins et sentis qu'elle connaissait l'intérêt que le roi portait à la Vaubernier, qu'on disait la remplaçante de la Marquise de Pompadour. Sophie s'immobilisa à quelques pas de nous, lorsqu'elle comprit que je n'allais pas partir sur-le-champ. Elle revint prendre Élyse à témoin de ma soi-disant lâcheté. Contre l'attente de Sophie, Élyse me remercia chaleureusement pour mon intervention. Blessée par cette « trahison », Mademoiselle de Mouchel nous traita tous les deux de pleutres apathiques. J'émis l'intention de faire seller mon cheval et, pour accélérer la procédure, j'allai moi-même à l'écurie. Je pus voir Sophie expliquer véhémentement sa position à Élyse, puis prendre une expression d'enfant boudeur en écoutant son amie.

Ma propre colère avait beaucoup diminué depuis qu'Élyse avait approuvé mon action. Je me mis en selle et fus surpris de m'entendre appeler par Sophie. Elle n'osa me regarder en face, mais elle s'excusa et admit qu'il était injuste de m'attribuer la responsabilité des fautes d'autrui. Je lui répondis que j'étais heureux qu'elle ait retrouvé quelque peu de bon sens. En me regardant cette fois dans les yeux, elle me remercia de l'avoir protégée au passage du carrosse. Le souvenir de notre enlacement me troubla au point de me faire bafouiller. Je me ressaisis et, d'un air que je voulais détaché, déclarai que je n'avais fait là que mon devoir.

Je m'engageai à revenir mercredi pour notre partie d'échecs, comme à l'accoutumée.

À quoi tient ma relation avec cette demoiselle ? Que se passerait-il si elle avait persisté dans son refus de me recevoir ? Comment ferais-je alors pour découvrir son secret ? En fait, pourquoi me reçoit-elle ? Qu'y gagne-t-elle ? Je crois qu'elle savoure ce jeu du chat qui asticote la souris. Elle est tellement certaine que je ne réussirai jamais à dévoiler son passé, qu'elle s'amuse à me le servir en petites miettes. Une curiosité dévorante me ramène chaque mercredi devant l'échiquier. La passion enivrante d'un mystère à résoudre me fait-elle agir plus que le dessein de rendre publique son infamie ? Que ferai-je lorsque je « saurai » ? Ma conscience me dictera la marche à suivre.

Lui aurais-je donné une nouvelle raison de me mépriser ? Pourquoi ai-je la persistante impression que cette fois, son dégoût est justifié ? Qu'aurais-je dû faire de différent au moment de l'accident ? Un affreux sentiment de culpabilité me ronge. Devrais-je raconter au roi les méfaits d'une de ses sujettes ? Ma raison me crie qu'il est illusoire d'espérer qu'une réprimande inciterait sa maîtresse à ralentir son carrosse. Alors à quoi bon me mettre cette femme à dos ? L'important n'est pas d'agir selon les souhaits de Mademoiselle de Mouchel, mais plutôt d'agir selon ma propre conscience.

     iPod et minijupe au 18e siècle

*   *

*

— Mais que vous est-il arrivé ? s'exclame-t-elle en remarquant l'ecchymose au-dessus de la tempe.

— Rien, répond-il d'un ton bourru en regardant ailleurs.

— Quelque mêlée grivoise dans une taverne, je suppose.

Cette fois, François lève les yeux et serre les dents.

— J'étais certain que vous n'auriez aucun mal à trouver une explication, ironise-t-il.

Sophie voit bien qu'elle l'a blessé en supposant le pire, comme d'habitude. Elle reprend, d'un air conciliant :

— Bon, d'accord. Puis-je savoir comment vous avez reçu cette blessure au front ?

— Je vous répondrai de la même façon que vous le faites à mes questions : « Mêlez-vous de vos affaires ! »

Sophie se redresse et le regarde froidement. Sa compassion laisse place à un peu d'amertume.

— Comme vous voudrez. C'est à vous de commencer à jouer aujourd'hui, ajoute-t-elle.

*   *

*

Comme d'habitude, la conversation a dévié vers les convenances. Madame de Trouvère ne se laisse pas facilement distraire de son sujet favori. En vieille amie de sa défunte mère, elle croit de son devoir de venir visiter Élyse à intervalles réguliers. Cet après-midi du 14 juillet, dûment réservé à son inspection trimestrielle, se terminera par des recommandations explicites sur la façon de tenir maison.

Les trois femmes sirotent une limonade au jardin. Le banquier est à la banque et Nicolas a réussi à s'esquiver. Sophie fait des efforts héroïques pour garder son dos droit (aidée en cela par le corset), ses jambes décroisées et sa concentration intacte. La troisième tâche s'avère la plus difficile. Déjà, un monologue austère sur la bonne tenue à l'église lui a échappé au profit du spectacle d'un mille-pattes remontant le pied de chaise de Madame de Trouvère. Après des essais infructueux, l'insecte abandonne et disparaît dans un buisson, forçant Sophie à fixer de nouveau son attention sur le jacassement de la bigote.

– ... Des fortunes se perdent en une nuit, se lamente-t-elle. La plus haute noblesse donne un si déplorable exemple. Rien qu'une bande d'athées qui roucoule en écoutant la prose de ce vil Voltaire. Heureusement que la haute bourgeoisie est là pour supporter notre sainte mère l'Église et les valeurs chrétiennes. Ailleurs, la recherche du plaisir a supplanté la poursuite du salut. Tout est sujet à fêter.

« Hum, que diriez-vous de célébrer aujourd'hui le futur anniversaire de la prise de la Bastille ? » pense Sophie pour elle-même.

— Cela me chagrine de voir notre bon roi si facilement enjôlé par une libertine, continue la dévote. Oh! Il y a bien quelques aristocrates qui essaient de remédier à la situation, mais on leur frappe très vite sur les doigts. Prenez le Comte de Besanceau. Vous ne me ferez pas croire qu'il n'y a pas un lien entre sa plainte au sujet de la vitesse excessive du carrosse de cette courtisane et le fait qu'on l'ait retrouvé une semaine plus tard, évanoui et rossé, dans une allée près de la caserne où il s'entraîne. Autre exemple, celui du Marquis de...

Les yeux de Sophie s'écarquillent. Sans souci des convenances, elle interrompt le monologue.

— Pardon, le comte de Besanceau s'est fait attaquer en pleine rue ?

— Ne le saviez-vous donc pas ? Je le croyais un habitué de cette maison !

— Il y a bien eu un matin, récemment, où son front portait une ecchymose dont il n'a pas voulu m'expliquer la provenance.

— À moi, ajoute Élyse, il a dit avoir été victime d'un accident stupide.

— Et vous supposez que la favorite du roi aurait chargé ses gens de le corriger ? continue Sophie.

— Je n'en ai aucune preuve, reprend la chère dame. N'empêche, je trouve singulière cette attaque si peu après un témoignage du comte que le roi n'a pas prisé.

– Qu'a fait le roi exactement ? A-t-il imposé une amende ou restreint les allées et venues de cette femme ?

– Rien de tel. D'après mes sources, elle n'aurait reçu qu'un simple avertissement de la part du roi, sans conséquence, car elle n'a pas ralenti le rythme de ses déplacements, à ce qu'on m'a dit.

« C'est affreux », fait pensivement Sophie.

*   *
*

« L'aurais-je sous-estimé ? Pourquoi a-t-il fait cela ? » s'interroge Sophie. « Mon emportement et mes accusations l'auraient-ils poussé à agir ? Il me faudra être plus prudente, je ne voudrais pas lui attirer des ennuis en implantant dans sa tête des idées pour lesquelles son monde n'est pas encore prêt. Pourquoi ne m'a-t-il rien dit de sa démarche auprès du roi ? En fait, pourquoi me l'aurait-il dit ? Son action auprès du roi le rachète à mes yeux. Devrais-je le lui dire ? À quoi bon ? Il m'a déjà dit que l'opinion que j'avais de lui ne le préoccupait en rien. Pourtant, il a suivi mes conseils. Ou peut-être aurait-il averti le roi de toute façon. En toute conscience, je lui dois le bénéfice du doute. »

CHAPITRE 9

Un départ

— Pourquoi vouloir tellement te promener aux Tuileries ce matin ? demande François.

— Parce que j'ai appris qu'Émilie y passe parfois quelques heures en compagnie d'une douairière qui lui sert de chaperonne, répond Olivier. Je t'assure qu'il s'agit de la jeune fille la plus charmante qui soit. J'aimerais bien te la présenter. Tu pourrais me donner ton avis.

— Veux-tu absolument me la présenter ? Tu sais bien qu'après, elle ne verra que moi !

Olivier hésite. Venant d'un autre, le commentaire ne serait que vantardise. Il n'a pourtant pas à se plaindre de sa personne, lui, un choix prisé sur le marché des maris, de par son physique autant que par son titre et sa fortune. En soupirant, il répond :

— C'est un risque à prendre, un test qu'elle devra passer puisque je ne compte pas me priver de ton amitié.

— Alors, allons-y !

Les deux hommes se dirigent vers les jardins. Tout Paris semble s'y être donné rendez-vous, le tout Paris qui ne doit pas travailler bien sûr. Après trois ou quatre arrêts pour saluer des connaissances, François saisit le bras de son compagnon.

— Viens, c'est plutôt moi qui vais te présenter ma sorcière. Allez !

Sophie voit s'avancer les deux hommes maintenant à quelques pas. Élyse s'absorbe dans une discussion sur la mode avec Madame de Soulanges. Narquoise, Sophie accueille le comte en disant :

— Vous êtes bien le dernier que je croyais rencontrer aux Tuileries aujourd'hui.

— Je vous renvoie le compliment, répond François. Permettez-moi de vous présenter mon compagnon, le marquis de Neval. Olivier, voici Mademoiselle de Mouchel.

— C'est un plaisir, Mademoiselle, de faire votre connaissance. J'ai tant entendu parler de vous, salue le marquis en s'inclinant.

Sophie prend un air de consternation exagérée :

— Mon Dieu ! Si vous tenez vos renseignements de Monsieur le Comte, vous devez avoir bien mauvaise opinion de moi.

La réplique laisse Olivier décontenancé, mais réjouit François. Olivier parvient toutefois à ajouter :

— Oh non ! Je n'ai entendu que des compliments à votre sujet.

   iPod et minijupe au 18e siècle

— Vraiment ! Vous mentez bien, ou alors le comte s'est retenu.

Cette fois, Olivier reste bouche bée. François s'amuse ferme devant les difficultés de son ami, aux prises avec une demoiselle qui se plaît à défier les conventions. Il se surprend à admirer la franchise de Sophie.

— Je vous avais prévenu, Olivier. C'est une véritable tigresse. Il ne fallait pas vous attendre à une politesse raffinée de sa part.

— Il ne faut pas non plus que je m'attende au bon exemple de votre part, rétorque Sophie à l'intention du comte.

François s'apprête à lui servir une repartie juteuse quand Élyse intervient :

— Encore à vous chamailler tous les deux ! Ne pouvez-vous pas trouver autre chose à vous dire que des insultes ?

— Bien sûr, essayons d'avoir une conversation mondaine, concède Sophie. Que choisissez-vous ? Le temps, les spectacles ou les calomnies ?

Cette fois, Olivier lui-même part à rire.

— Vous êtes vraiment impossible ! se plaint François, un sourire aux lèvres. Personne n'échappe à vos sarcasmes.

— Vous serez heureux de ne plus avoir à les subir pour le reste de l'été.

Tout de suite, un pressentiment l'envahit.

— Que voulez-vous dire par là ? s'enquiert-il.

C'est Élyse qui lui répond :

– Sophie fait allusion à notre départ imminent pour le Midi. Madame de Mainville m'a invitée à passer quelques semaines à Toulouse et Sophie a accepté de m'y accompagner. Nous rentrerons à Paris d'ici deux ou trois mois, avant que les routes ne deviennent impraticables. Sinon, il nous faudra passer l'hiver là-bas.

– Hum, on m'a dit que les routes ne sont pas très sûres, ces temps-ci. Certains paysans auraient des idées de rébellion. Il y a aussi les bandits de grands chemins.

– Bien sûr, nous savons cela. Une petite révolte gronde toujours quelque part et des voleurs, il y en aura toujours. Si on s'empêchait de voyager pour cela, on se terrerait chez soi. Et puis nous ne partons pas seules. Nicolas nous accompagne ainsi que la famille de Monsieur de l'Estiège.

– Je vois. Et quand comptez-vous partir ?

– Demain en début de matinée. Nous devons assister au mariage d'Hortense, la fille cadette de Madame de Mainville, dans deux semaines. Nous n'avons pas trop de temps

– Tout cela pour conclure, reprend Sophie, que vous pourrez enfin respirer à Paris un air purifié de ma présence. N'est-ce pas là une bonne nouvelle ?

– Excellente en effet, approuve le comte sans grand enthousiasme.

– Vous devrez donc nous excuser, messieurs, car nous avons une foule de choses à

acheter en prévision de ce départ, continue
Élyse.

— Nous ne vous retiendrons pas plus longtemps. Il ne me reste plus qu'à vous souhaiter
un bon voyage, mesdemoiselles.

— Mes vœux vont de pair avec ceux du
comte, ajoute Olivier.

Les deux jeunes femmes s'éloignent rapidement, laissant le comte songeur et le marquis
encore éberlué. Celui-ci retrouve toutefois la
parole en premier :

— Eh bien te voici libéré pour le reste de
l'été ! Plus de parties d'échecs les mercredis.

— Oui, la saison risque d'être passable-
ment ennuyante.

— Il me semblait que tu ne pouvais supporter cette demoiselle.

— Oh je sais, elle est abominable, impertinente, dénuée de manières, enrageante, mais
ennuyante, jamais. Et puis comment veux-tu
que je découvre ce qu'elle cache si elle se trouve à cent lieux d'ici ?

Olivier ne répond pas, car son attention
vient de se fixer sur Mademoiselle Émilie, qui
regarde le comte d'un air ébloui.

* *

*

François remet son épée au fourreau.
L'entraînement, ce matin, n'a pas complètement dissipé la mauvaise humeur et l'ennui

qui l'assiègent. Il se dirige vers le banc où il a laissé sa veste, son jabot et sa perruque.

— Monsieur le Comte ? fait une voix familière dans son dos.

— Nicolas, vous, ici ! Je vous croyais parti pour Toulouse ?

— C'était bien là le plan. Nous avons été retardés, Mademoiselle de Mouchel ayant été victime d'un accident.

François demeure interdit, perdant un peu des couleurs que l'exercice vient de lui donner.

— Un accident ! Rien de grave, j'espère ? réplique-t-il aussitôt.

— Oh non ! Une dalle de l'escalier dans le jardin s'est délogée au moment où elle y posait le pied. Elle s'est fait une entorse. Le médecin lui a ordonné l'immobilité pour trois semaines, ce qui l'empêche de nous accompagner pendant cette période. Tout ceci m'amène à une requête. Vous semblez prendre plaisir à jouer aux échecs avec Mademoiselle de Mouchel. Vous serait-il possible de reprendre vos visites pendant mon absence ? Je reviendrai la chercher lorsqu'elle sera en mesure de voyager.

— C'est elle qui vous envoie ?

— Non. Je parle de ma propre initiative. Mademoiselle de Mouchel a trop de délicatesse pour demander qu'on se dérange pour elle.

— Dans ce cas, vous pouvez compter sur moi. Je suis heureux de vous obliger.

— Merci. Je lui dirai de s'attendre à vos visites.

   iPod et minijupe au 18ᵉ siècle

– Laissez-moi plutôt lui en faire la surprise. À quand avez-vous remis votre départ ?

– Nous partons demain après le petit-déjeuner.

– Bien, j'irai donc en fin de matinée.

– Merci de tout cœur. Je me dois de partir maintenant. Mes respects.

François le regarde s'éloigner. Il se met à siffloter un aria du dernier opéra à la mode, en allant ramasser ses effets au fond de la pièce.

CHAPITRE 10

La trêve

— Monsieur le Comte de Besanceau est ici pour vous voir, Mademoiselle, fait Jacinthe depuis le seuil du salon.

Sophie est confortablement assise dans un large fauteuil, la cheville soigneusement soutenue par un tabouret à coussin. Elle vient à peine de s'installer pour la lecture de l'*Émile* de Rousseau.

— Le comte ? Comment sait…, balbutie-t-elle.

— Merci, Jacinthe, ce sera tout, l'interrompt François en lui tendant son chapeau.

Sans attendre d'être invité, il a tout simplement suivi la servante jusqu'au salon. Celle-ci s'esquive rapidement.

— Bonjour, chère invalide, commence-t-il.

— Comment diable avez-vous su que je n'avais pas pu partir pour le Midi ?

— Mais par Nicolas, bien sûr. Il est venu me trouver hier pour me supplier de vous tenir compagnie. Pour honorer l'amitié qui nous lie, je lui ai promis de lui rendre ce service. Alors, me voici.

— Comme c'est magnanime de vous imposer une telle corvée, raille Sophie. Eh bien, je vous délivre de votre promesse. Soyez sans crainte, je dirai à Nicolas que vous avez tout fait pour me désennuyer. Je suppose que vous pourrez trouver la sortie. Bonne journée.

Elle reprend son livre et fait mine de s'y absorber.

— Je vois que nous sommes d'humeur splendide aujourd'hui, commente François.

Il commence à avoir trop l'habitude de ce genre de reparties pour la prendre au sérieux. Plutôt que de sortir, il se plante devant la fenêtre.

— C'est une journée magnifique, idéale pour un pique-nique. Je connais un endroit idyllique près d'une petite rivière. Qu'en dites-vous ?

— Merveilleuse idée, en effet ! Il ne doit pas manquer de jeunes filles belles et charmantes pour vous accompagner, lance-t-elle sans même lever les yeux de son livre.

— Je n'ai pas le goût de pique-niquer avec une jeune fille belle et charmante. C'est vous que j'invite !

Piquée, elle demande ironiquement :

— Comment refuser une invitation aussi galante, n'est-ce pas ? Pourtant c'est ce que je fais.

Et elle se replonge dans son livre. François pousse un soupir irrité, retraverse la pièce, lui arrache le livre des mains, en lit le titre, puis le lance sur un fauteuil, hors d'atteinte de l'éclopée. Il se penche vers elle en s'appuyant des deux mains sur les accoudoirs.

— Vous n'allez quand même pas me dire que vous préférez vous enterrer dans une pièce sombre à lire Rousseau, plutôt que de déguster un bordeaux et un camembert à l'ombre d'un saule. À moins que vous ne soyez terrifiée à l'idée de passer quelques heures en tête-à-tête avec moi !

— Moi, peur de vous ? C'est bien l'idée la plus stupide que j'aie entendue de la journée ! Mais il me faut penser à ma réputation. Je ne peux vous accompagner sans chaperon.

— L'endroit que je propose est suffisamment fréquenté pour nous en dispenser.

— Et comment voulez-vous que je me rende à votre rivière ? En clopinant peut-être ? J'y verrais bien là votre sadisme !

— Encore votre manie d'inventer des mots. Me comparez-vous au marquis de Sade, cet énergumène qui passe d'un scandale à l'autre, bien merci ! Non, je n'entends pas vous regarder souffrir. Je fais atteler mon carrosse et demande à ma cuisinière de nous préparer des victuailles. Je reviens vous chercher, disons, dans une heure.

— Bon, d'accord, renonce-t-elle.

Il repart aussi vite qu'il est venu. Sophie se laisse retomber dans le fauteuil en soupirant. Au fond, elle est plutôt contente. Elle a peu d'enthousiasme pour l'*Émile*. Un piquenique sera une agréable diversion, même avec le comte de Besanceau. Ou est-ce parce que c'est avec lui ? La question la laisse perplexe.

* *

*

À l'heure dite, le carrosse s'arrête devant le manoir. Le comte chevauche son étalon favori et précède la voiture. Sophie a pris un soin particulier à sa toilette. Sans aller jusqu'à la coquetterie, elle apprécie l'occasion d'étrenner la robe et le chapeau rose pâle qu'Élyse lui a suggéré d'acheter. Elle s'est installée sur l'appui de la fenêtre pour l'attendre. Il la trouve dans cette position lorsqu'il fait son entrée au salon. Le contre-jour semble la parer d'une auréole. Le comte est frappé par cette vision. « Hum, il se peut que j'aille pique-niquer avec une jeune fille belle et charmante, après tout », pense-t-il.

Il se garde bien de répéter cela à haute voix.

— Prête ? demande-t-il.

— Tout à fait.

Elle s'empare d'une canne et, laborieusement, commence la traversée du salon. Le comte la rejoint.

– Allez, prenez mon bras et appuyez-vous sur moi. Au rythme où vous avancez, nous risquons de laisser moisir le fromage dans le panier.

– Ah, mais si vous êtes si pressé, il vaudrait mieux y aller sans moi !

Elle met néanmoins la main droite sur son épaule solide et musclée, pendant qu'il passe son bras derrière elle et la soutient à la taille. Ils parviennent ainsi plus rapidement jusqu'à l'escalier menant à la porte d'entrée.

– Passez vos bras autour de mon cou, je vais vous porter pour descendre, annonce-t-il.

Avant de pouvoir répondre, elle est soulevée du sol. Par réflexe, elle s'agrippe à son cou. Un sentiment de bien-être l'envahit et un frisson de volupté monte le long de son dos. Comme c'est agréable d'être ainsi collée à sa poitrine ! Il la porte jusqu'au carrosse et la dépose doucement sur le siège.

– Mettez-vous à votre aise, lui recommande-t-il.

Il referme la portière et enfourche sa propre monture.

– Allons-y, Clément, et essayez d'éviter les ornières, ordonne-t-il au cocher.

Clément répond de la tête et secoue les rênes. Le carrosse s'ébranle et ne s'arrête qu'une demi-heure plus tard, sur une pente herbeuse qui rejoint une rivière en contrebas. Un petit pont de pierres donne asile à quelques gamins s'adonnant à la pêche. D'autres couples et des familles étendent le contenu de paniers sur des nappes à carreaux, à l'ombre de saules pleureurs. Le comte ouvre la portière.

— Fin de la première étape ! dit-il. Pas trop secouée ?

— Non, ça va, ment-elle.

Elle ajoute pour elle-même : « C'est quand même aberrant qu'avec des routes pareilles, on n'ait pas encore inventé les amortisseurs. »

Elle descend du carrosse de la même façon qu'elle y est montée. Le comte la transporte dans ses bras jusqu'au saule le plus proche.

— Attention, je pourrais facilement prendre goût à ce moyen de locomotion, le taquine-t-elle.

Il la regarde du coin de l'œil avec une expression qui veut dire : « Profitez-en, cela ne durera pas. »

— Laisse, tu peux disposer, dit François à Clément qui s'apprête à étaler des plats sur une grande couverture. Nous nous servirons nous-mêmes.

Sophie s'installe en essayant de trouver la position la plus confortable. Le comte furète dans le panier et en sort trois bouteilles de vin, deux verres et un tire-bouchon. Lorsqu'elle les voit, Sophie s'exclame :

— Trois bouteilles ! Vous avez l'intention de nous saouler ou quoi ? Vous croyez que boire me déliera la langue et me fera dire mon secret, n'est-ce pas ?

— Pardieu ! Je n'y avais pas songé.

Il considère la bouteille qu'il vient de déboucher, puis propose, d'un air taquin :

– Un peu de vin ?

– Pourquoi pas !

Après avoir goûté de tout, Sophie doit admettre :

– Ce camembert est succulent ! Ce pâté de foie gras, sublime ! Décidément, il va me falloir vous donner raison. Il est plus agréable de pique-niquer par une journée pareille que de lire Rousseau.

– Je bois à cet événement surprenant ! Nous sommes d'accord sur quelque chose.

– Pourquoi n'essaierions-nous pas aujourd'hui de trouver des sujets sur lesquels nous nous entendons ? Cela ferait changement. Tenez, pourquoi ne parlerions-nous pas de vous ?

Sophie a soudainement une envie folle d'en savoir plus long sur l'homme qu'elle a catégorisé du côté noir dès leur première rencontre. François accuse un moment de surprise. Il s'apprête à refuser toute ouverture sur sa vie personnelle lorsque l'occasion lui apparaît idéale d'amener Mademoiselle de Mouchel à parler de son propre passé. Engageant, il répond donc :

– Vraiment ? ! Que voulez-vous savoir sur moi ?

Sophie est prise au dépourvu. Elle s'attendait à un refus.

– Euh… Je ne sais pas moi… Avez-vous des frères et des sœurs ?

François respire intérieurement. Si elle s'en tient à ce niveau d'intimité, il ne risque pas de dévoiler ses états d'âme.

– Je suis fils unique, l'informe-t-il. Ma naissance a été terriblement pénible. Ma mère a échappé à la mort de justesse. D'où sa résolution de ne plus jamais engendrer.

– Peut-être était-ce dû, simplement, à l'incapacité de concevoir de nouveau. Surtout si votre naissance a été diffi…

– Non, je n'en crois rien. Il est connu des domestiques que ma mère refusait l'entrée de sa chambre à mon père. Celui-ci était trop plein de délicatesse pour forcer sa porte. J'ai peu de souvenirs de lui, car il est mort lorsque j'avais huit ans. J'ai en mémoire un homme amer, renfermé. Un homme d'honneur aussi, qui avait sacrifié son bonheur pour redorer le blason de la longue lignée des Besanceau.

– Je ne comprends pas. Comment s'est-il sacrifié ? l'encourage Sophie.

– Il était l'aîné d'une famille de haute noblesse dont le père, mon grand-père, était malheureusement pris par la passion du jeu. Il dilapida sa fortune. Pour survivre, mon père dut consentir à un mariage avec la fille d'un noble de plus faible lignage, mais encore en possession de tous ses biens.

– Ah, je vois ! Un mariage de convenance !

– Ni plus ni moins. C'est pratique courante. Les deux partis finissent la plupart du temps par se résigner, sinon se réconcilier. Pas ma mère ! Elle en a toujours voulu à son père de l'avoir forcée à se marier, à mon père de l'avoir épousée, et à moi d'être né.

– N'exagérez-vous pas ? Je peux parfaitement comprendre le dépit de votre mère d'avoir été traitée comme de la marchandise, mais de là à rejeter son propre fils !

– Je ne crois pas qu'elle ait vu en moi un fils. Pour elle, je ne suis que l'héritier de son père. Elle n'a jamais été une mère pour moi. Tout petit, j'ai connu la brûlure de ses coups. Dès que mon père est mort, et il était mon seul protecteur, ma mère s'est empressée de m'éloigner en province et d'engager un tuteur et une gouvernante.

Elle ne sait quoi répondre à la douleur qu'elle lit dans le pli amer de sa bouche. Cela correspond si mal à l'image du comte sans cœur qu'elle se complaît à lui superposer.

– Vous vous taisez, reprend-il. Je dois vous avoir choquée par mes propos. Je ne sais pas ce qui m'a pris. Croyez-moi, je n'ai pas l'habitude de me plaindre ainsi de mon enfance. Veuillez me pardonner.

François a un petit rire triste.

– Si cela continue, vous saurez tout de moi, et moi, rien de vous !

— Qu'est-ce qui vous fait croire que j'ai tant à vous apprendre ? Les gens heureux n'ont pas d'histoire.

— N'avez-vous jamais eu de malheurs ?

— Est-ce que quiconque peut dire cela ? Mais j'ai peur de vous rendre jaloux en vous racontant mon enfance heureuse, entre une mère et un père qui s'adoraient et qui m'adoraient.

— Loin de moi l'idée d'être envieux. Est-ce que vous avez des frères et sœurs ? demande-t-il tout en sachant que les rumeurs veulent qu'elle ait perdu toute sa famille.

Sophie hésite entre *j'avais*, *j'ai* et *j'aurai* pour ensuite se fixer sur le premier choix, plus facile à expliquer :

— J'avais un frère plus jeune que moi. Il s'appelait Mathieu.

— Vous parlez au passé. Serait-il décédé ?

— J'ai perdu toute ma famille en l'espace d'une nuit, dit-elle d'une voix qui tremble quelque peu.

— Comment l'avez-vous perdue ?

— Monsieur le Comte, je préférerais ne pas en parler.

La voix de Sophie se brise. Ses yeux s'humectent et fixent un point à l'infini. François est touché par la tristesse de la jeune fille. Peut-être n'a-elle pas de secret infâme après tout ? Seulement un passé malheureux qu'il lui fait mal de raconter. Il s'excuse et reporte son attention sur la rivière en contrebas.

Après quelques minutes, Sophie reprend d'un ton qu'elle veut léger :

— Oublions le passé. On ne peut rien y changer. « Ça, je n'en suis pas certaine », songe-t-elle. Pensons au futur plutôt. Avez-vous des projets d'avenir ?

— Ma vie dépend de ce dont le roi me jugera capable. Je suis à son service.

— N'avez-vous pas un peu de liberté ?

— M'abaisser à une activité autre que celle de servir Dieu ou le roi serait déroger à mon rang. Je peux choisir entre l'armée, la marine, la politique et le clergé. J'ai préféré acheter une commission dans la marine.

— Et pourquoi n'êtes-vous pas en ce moment sur un navire ?

— J'ai été blessé lors de mon dernier séjour en mer. Complètement remis, je m'attends à être rappelé sous peu.

— Comment avez-vous été blessé ?

— Oh, lors de l'abordage d'un bateau pirate.

Sophie plisse le nez :

— Et vous aimez ce genre d'activité ?

— Je ne suis pas particulièrement friand des batailles navales, répond-il, mais j'aime la mer quoiqu'elle soit cruelle.

— Si vous aviez eu le choix, sans aucune contrainte sociale, qu'auriez-vous aimé faire ?

François reste silencieux quelques instants.

— J'aurais aimé construire des ponts, énonce-t-il. Je ne veux pas dire manier la pioche et la pelle, mais plutôt dessiner les plans.

— Le travail d'ingénieur, en quelque sorte.

— Voilà, du moins est-ce du solide à laisser derrière soi pour des générations à venir. Plutôt que s'échiner à détruire l'adversaire en temps de guerre ou à divertir le roi en temps de paix.

— Mais qu'est-ce qui vous empêche d'être ingénieur ?

Le comte la regarde d'un air incrédule.

— Les élèves de l'École royale des ponts et chaussées sont recrutés parmi les bourgeois et la petite noblesse. Seul descendant de ma lignée, je ne saurais m'inscrire à une telle école. Au mieux, je peux traiter le génie comme un passe-temps.

— C'est vraiment ridicule de séparer ainsi les gens en fonction de leur naissance. Que d'énergie et de ressources perdues !

— À quoi bon se lamenter, on ne peut changer les bases de la société, quoi que vous en pensiez. Et vous, comment voyez-vous votre avenir ?

— Oh moi ! Je ne sais plus. Je croyais ma vie toute tracée. Rien n'est jamais aussi simple. J'espérais étudier les sciences naturelles. Les femmes ne sont pas admises dans les universités et on leur permet encore moins d'y enseigner. Je ne me vois pas très bien en religieuse ou en épouse !

— N'avez-vous aucun prétendant ?

— Moi ? Où trouverais-je du temps pour un prétendant ? Je passe le plus clair de mon

   iPod et minijupe au 18e siècle

temps en compagnie d'Élyse ou devant mon échiquier !

— Oh pardon, se moque François, est-ce que j'éloignerais votre futur époux ?

— J'y réussis très bien toute seule.

— Néanmoins, toute jeune fille ne rêve-t-elle pas d'épouser un homme convenable, respectable, riche et titré ?

— Oh, je ne veux pas d'un homme convenable et respectable. Il me faut un homme non conventionnel.

— Ah, vraiment ! Allez. Décrivez-moi votre prince charmant.

Sophie fait une pause pour mieux réfléchir.

— D'abord, il devra me traiter en égale. Il sera un ami, un confident avant d'être un amant. J'aurai totalement confiance en lui, comme lui en moi. Je veux un compagnon de vie. Le véritable amour ne peut être jaloux, possessif et contraignant. Personne ne peut m'empêcher de rêver d'un tel amour. Je ne serai assouvie que lorsque je le trouverai.

Ils restent tous les deux silencieux au milieu des nuages de leurs pensées. François ne peut que constater combien il diffère de l'image de cet homme idéal. À une nouvelle question de Sophie, il répond cyniquement :

— La femme de mes rêves est celle qui réalisera certains fantasmes que le bon goût m'interdit de vous décrire.

« Me voilà fixée sur ses orientations sexuelles ! » se dit Sophie.

— Rien d'autre ne vous attire chez une femme ? poursuit-elle à haute voix.

— L'idée d'avoir des rejetons ne me déplaît pas. C'est plutôt l'idée du mariage qui ne m'attire pas. Une soirée en compagnie de jeunes aspirantes à l'état matrimonial me fait mourir d'ennui, alors toute une vie de leur insipide conversation... non merci !

— Si toute conversation avec une femme vous rebute, vous devez avoir terriblement envie que cette discussion finisse.

— Je n'ai pas dit que notre conversation était insipide ! Et je parlais de la compagnie d'aspirantes au mariage, ce qui n'est pas votre cas.

— Non, je suis plutôt dans la catégorie ver de terre, n'est-ce pas ? Sans sexe !

À cette repartie, le comte ne peut s'empêcher de pouffer. D'un ton conciliant, il laisse tomber :

— Oh, Sophie ! Il n'y pas une seule minute où je ne suis parfaitement conscient que vous êtes une femme !

François comprend que sa phrase a dévoilé plus qu'il ne le souhaitait. Leur attention est attirée vers la rivière où un éclaboussement se fait entendre, suivi de cris d'enfants.

— Un jeune pêcheur qui sera allé rejoindre sa pêche, commente François pour tenter de détourner l'atmosphère de son faux pas.

Soudain les cris passent du joyeux au tragique.

— Il ne sait pas nager! s'écrie Sophie.

CHAPITRE 11

Le réchauffement

François se lève précipitamment et dévale la pente. D'autres pique-niqueurs accourent et s'immobilisent sur la rive. Un homme tend une canne à pêche à l'immergé involontaire, mais le garçon en détresse se débat en vain deux mètres plus loin. Le courant pourtant faible ne fait que l'éloigner davantage. La tête du presque noyé vient de disparaître lorsque François atteint le bord de l'eau. Il enlève ses chaussures, se débarrasse de sa perruque et de sa veste en vitesse. Il s'élance dans l'eau et, en un crawl vigoureux, complète les derniers mètres qui le séparent du point de disparition de l'enfant. François prend ensuite une longue respiration et disparaît lui aussi sous les flots.

Handicapée par sa cheville, Sophie atteint péniblement le bord de l'eau quelques secondes après la descente du comte vers le fond. Une éternité s'écoule. Une vieille femme se lamente à côté d'elle :

– Oh, Seigneur Jésus, ils se sont noyés tous les deux !

Le cœur de Sophie chavire. Après quelques secondes effroyables, François revient à la surface pour respirer, imité en cela par Sophie. Il est seul et ne s'accorde que peu de temps avant de replonger. L'attente lancinante recommence.

« C'est tragique… de toutes les personnes présentes, il est le seul qui sache nager ! » pense Sophie. « Bien sûr, je sais nager, mais avec cette cheville je ne suis d'aucune utilité. »

Un homme à côté d'elle fait un nouveau commentaire :

– Ça ne sert à rien. Le jeune garçon doit être mort à l'heure qu'il est.

Un soupir de soulagement s'échappe de toutes les poitrines en voyant revenir deux têtes à la surface. Tant bien que mal, François parvient à tirer le garçon jusqu'à pouvoir prendre pied. Là, d'autres hommes le déchargent de son fardeau.

– Je suis désolé, halète-t-il. Je crois qu'il est trop tard. L'eau est si brune. Je n'y voyais guère.

– Non, non, amenez-le-moi, vite, crie Sophie. Vite ! Vite ! Il n'y a pas un instant à perdre !

François est suffisamment accoutumé aux mystères de Sophie pour tout de suite prendre parti.

– Amenez-lui le garçon !

Dès qu'elle peut atteindre le noyé, Sophie lui bascule la tête, lui pince les narines et commence la respiration artificielle. Un murmure désapprobateur parcourt les spectateurs. Un petit barbu s'apprête à se lancer sur Sophie en disant :

— C'est scandaleux, déshonorer ainsi un mort !

François s'interpose.

— Laissez, elle sait ce qu'elle fait ! exige-t-il, avec une assurance qu'il est loin de ressentir.

Sophie cherche le pouls qu'elle ne détecte pas. Elle se positionne au-dessus de l'enfant et, appuyant ses paumes au centre de la cage thoracique, elle commence à presser. Elle en oublie la douleur de sa cheville. Ses gestes soulèvent tantôt la poitrine de l'enfant, tantôt l'indignation de l'assistance. Elle note vaguement l'arrivée de la mère du garçon qui veut l'arracher à ses efforts de réanimation. De nouveau, François empêche la mère affolée d'intervenir. Contre toute attente, le noyé se met à hoqueter et à vomir, éclaboussant la jolie robe rose d'une substance peu appétissante. Sophie place l'enfant dans la position trois-quarts, puis se tourne vers François et l'assemblée.

— Il lui faut des couvertures et un médecin, affirme-t-elle.

— Non, pas de médecin, s'écrie soudainement la mère accroupie près de son enfant.

— Mais pourquoi ? s'écrie Sophie, éberluée.

— Nous sommes pauvres, nous ne pouvons pas nous payer un médecin.

Sophie ne dit mot et regarde intensément François, non pas d'une façon accusatrice, mais plutôt pour le prendre à témoin de cette nouvelle injustice. Le comte récupère le veston qu'il a lancé au hasard avant d'entrer dans l'eau. Il sort un louis de sa bourse et le met dans la main de la mère.

— Maintenant vous avez assez d'argent pour un docteur, conclut-il.

La femme laisse couler ses larmes à profusion ainsi que ses remerciements :

— Merci, Monseigneur, vous êtes la bonté même. Dieu vous bénira d'une telle action. Oh ! merci de sauver mon petit Anatole ! Merci, bafouille-t-elle.

— Ce n'est pas moi qu'il faut remercier.

Malgré l'invitation, la mère ne montre aucune reconnaissance envers Sophie. C'est alors que François remarque l'incompréhension et le malaise des badauds.

« Mais c'est qu'ils auraient préféré voir mourir le garçon plutôt que de le voir ressusciter d'une manière si étrange ! » pense-t-il amèrement.

Le jeune Anatole est mis sur un brancard improvisé et transporté vers le médecin le plus proche. François se laisse tomber près de Sophie.

— Quelle ingratitude !

— Ils ne comprennent pas.

– Je ne suis pas très sûr de comprendre moi-même ! Comment avez-vous fait ?

– J'ai appliqué une technique qu'on appelle la respiration artificielle. Lorsque quelqu'un ne respire plus, comme après une noyade, il faut continuer à faire parvenir l'oxygène à son cerveau, sans quoi il meurt en quelques minutes.

– L'oxygène ? Qu'est-ce que c'est ?

– Un gaz contenu dans l'air et essentiel à la respiration. Il me suffisait de la maintenir artificiellement jusqu'à ce que le système de ce garçon se remette du choc qu'il avait subi. Cette fois-ci, j'ai réussi, mais j'aurais tout aussi bien pu échouer.

– Vous vous rendez compte ! Si une telle technique était enseignée à tous les gens dans la marine, par exemple, beaucoup de noyés pourraient être sauvés.

– Je sais. Encore faut-il qu'on l'applique tout de suite après l'arrêt de la respiration.

François soupèse la futilité de demander où elle a appris une telle technique. Il n'a pas le goût de se faire rappeler qu'il ne saurait connaître ses secrets, non pas maintenant.

– Cette aventure va nous obliger à écourter notre pique-nique, fait-il en se levant. Je crois qu'il vaudrait mieux que j'aille mettre quelque chose de sec et vous, de propre, à ce que je vois !

Il va récupérer ses chaussures, entreprend d'enlever sa chemise et de la tordre.

— Ce n'est pas le traitement idéal pour une chemise de batiste et de dentelle ! commente-t-il.

Sophie est frappée par la virilité de la musculature et des épaules nues. La nage forcée a fait disparaître toute trace de poudre sur son visage. Des gouttes perlées s'accrochent encore aux mèches blondes. L'étincelle de ses yeux verts répond au miroitement de l'eau.

« Ciel qu'il est beau ! » réalise-t-elle. « A-t-il fallu que je sois aveugle ou quoi ! »

Toute à son admiration, elle ne s'aperçoit pas du temps qu'elle prend à le fixer de ses yeux éblouis, jusqu'au moment où il s'inquiète en haussant les sourcils :

— Que se passe-t-il ?

— Oh, rien, rien. J'étais dans la lune, répond-elle en s'éventant de la main comme si elle chassait une mouche.

Elle s'entête ensuite à regarder droit devant elle pour lui cacher son trouble. François remet sa chemise qui lui colle à la peau.

— Bon, si nous y allions ? questionne-t-il en tendant la main à la jeune fille assise à ses pieds à un pas du bord de l'eau. Elle la prend et s'en aide pour s'agenouiller, puis se soulever sur le pied gauche. Quand vient le moment de transférer son poids sur le pied blessé, l'entorse la fait à nouveau souffrir. Sophie crie de douleur et s'agrippe au bras de François. Il se penche pour la retenir, manœuvre précaire étant donné le terrain boueux et incliné du rivage. François perd pied et ils se retrouvent tous les deux à l'eau, dans un éclaboussement spectaculaire.

Après les premiers instants de stupeur, François s'enquiert de la condition de la jeune fille maintenant assise, comme lui, dans l'eau jusqu'à la taille.

— Ça va, balbutie-t-elle. Je suis désolée, j'avais oublié mon entorse. Après tout, il me fallait laver ma robe.

— Morbleu, si j'avais su, je ne me serais pas donné la peine de tordre ma chemise.

Leurs regards se croisent et le fou rire leur monte à la gorge. Après un long moment, ils parviennent tant bien que mal à maîtriser leur hilarité.

— Sérieusement, il faudrait penser à sortir d'ici, parvient-il à dire finalement.

— Vous avez raison, l'eau commence d'ailleurs à se faire plutôt froide.

Il s'approche et la reprend dans ses bras, s'échinant sous l'effort pour l'arracher à l'élément liquide.

— Vous êtes plus lourde au retour qu'à l'aller, remarque-t-il d'un air narquois. Ce doit être tout le pâté et le vin que vous avez engloutis.

Il croise son écuyer dans l'ascension vers le carrosse. Clément regarde son maître avec un sourire en coin. François lui demande de ramasser les restants des victuailles.

— Ah, mais je vais tout tremper l'intérieur de votre carrosse ! proteste-t-elle au moment où il la soulève vers le siège.

— C'est le dernier de mes soucis, fait-il en refermant la porte.

Ils refont le voyage en sens inverse. La baignade n'a pas remédié à son entorse, bien au contraire. Ou est-ce que le nombre d'ornières a augmenté sur la route au cours de deux dernières heures ? Quoi qu'il en soit, ils arrivent à destination. Le comte la dépose sur le perron du banquier.

— Puis-je me permettre de revenir ce soir vous tenir compagnie ?

— J'en serais charmée.

Il lui prend la main et y dépose ses lèvres, rituel qu'il a jusqu'ici négligé, dans un esprit de mépris.

— À ce soir, alors, conclut-il en descendant rapidement les marches.

Il enfourche son cheval, la salue et part au trot.

*   *

*

François laisse son cheval à un de ses écuyers et entre en trombe dans son hôtel, en chantonnant une symphonie de Mozart dans une tonalité élastique qui ferait retourner le compositeur dans sa tombe, s'il était mort. Il grimpe deux marches à la fois et suspend son

élan, à l'appel de son valet qui vient d'apparaître au bas de l'escalier.

— Qu'y a-t-il, Victor ? demande-t-il en
voyant l'air choqué de son serviteur. J'ai dû
prendre un bain forcé, ma tenue s'en ressent.
Tu as quelque chose à me dire ?

— Durant votre absence, un messager est
venu. Il a insisté pour que cette note vous soit
remise le plus tôt possible.

François redescend lentement et prend le
papier du plateau tenu par son laquais. Celui-
ci s'éloigne un peu, mais observe son maître. Il
constate l'assombrissement de son expression.
François chiffonne rageusement le message et
demeure longtemps les yeux fixes et les mâ-
choires serrées. Après un long soupir, il semble se décider à regret :

— Victor ?

— Oui, Monsieur le comte ?

— Ce message m'ordonne de rejoindre le
plus tôt possible le port de Saint-Malo où je
dois m'embarquer en tant qu'officier en second
à bord du *Bristol*. Il s'agit d'une mission de
protection d'une flottille marchande en par-
tance pour la Martinique. Les pirates se font
par trop harcelants, paraît-il. Je dois aller voir
l'amiral Dusseault pour plus de détails. Pendant ce temps, prépare ton bagage et le mien
pour un voyage d'une durée indéterminée.

François voit les épaules de Victor s'af–
faisser.

– Oh, Victor, je n'ai pas plus envie que toi de quitter Paris en ce moment, mais mon service pour le roi l'exige. Si tu peux trouver quelqu'un d'autre pour m'accompagner, tu peux te dispenser de venir.

– Oh non ! Monsieur. Où Monsieur ira, j'irai.

– Bien, comme tu veux. Je vais aller mettre des vêtements secs, maintenant.

François remonte l'escalier, cette fois sans se presser.

* *
*

De retour de sa rencontre avec l'amiral vers sept heures, François trouve tous les préparatifs de départ en bon ordre. Victor est un serviteur diligent. Son souper l'attend, mais il n'a guère d'appétit.

– Tout est prêt, Monsieur, annonce finalement Victor.

– J'ai encore deux choses à faire et nous partons.

François s'enferme dans sa bibliothèque. Il s'assoit devant son secrétaire et un morceau de papier blanc.

« Comment commencer ce message ? Chère Sophie ? S'étonnera-t-elle d'une telle familiarité ? Il vaut mieux m'en tenir à l'appellation habituelle. »

Il écrit *Chère Mademoiselle de Mouchel* et le reste se lit ainsi :

J'ai le regret de devoir manquer à ma promesse de vous rendre visite ce soir. J'ai reçu l'ordre de rejoindre dans les plus brefs délais le navire le Bristol *qui n'attend pour appareiller que l'arrivée de trois officiers. Je dois remplacer un officier en second qu'une fièvre typhoïde a emporté, il y a une semaine. Le* Bristol *a pour mission de protéger une flottille marchande à destination de la Martinique, contre les attaques de pirates. J'espère être de retour à Paris dans trois ou quatre mois. Il ne me reste plus qu'à m'excuser et à vous souhaiter un prompt rétablissement.*
François de Besanceau.

François relit la lettre et fait la moue. Sans trop savoir pourquoi, il la trouve incomplète. Un coup d'œil à l'horloge le force à l'insérer dans une enveloppe et à la cacheter. Il quitte sa bibliothèque et remet la lettre à un de ses écuyers pour qu'elle soit apportée sur-le-champ chez le banquier.

Devant les appartements de sa mère, il s'arrête, prend une longue respiration et frappe. La femme de chambre le laisse sur le seuil pendant qu'elle va demander l'autorisation de le faire entrer. Permission accordée, à condition que la visite soit courte. François voit sa mère assise dans son fauteuil préféré et sirotant une tisane. Elle conserve le maintien rigide d'une reine sur son trône même dans l'intimité de ses salons.

— Alors ? le presse-t-elle.

— Je viens vous annoncer mon départ pour Saint-Malo, en route vers la Martinique. Mon service pour le roi...

— Ton valet m'en avait déjà avertie au dîner. Tu ne fais que ton devoir. Inutile de me faire une scène d'adieu qui dérangerait ma digestion.

— J'aimerais ajouter que je ne sais pas combien de temps durera mon absence. Trois ou quatre mois peut-être. J'ai laissé des directives à mon intendant pour que vous ne manquiez de rien. Au revoir, mère.

Il ne s'attend à aucun souhait de bon voyage. Sa mère se concentre sur le fond de sa tasse et fait mine de ne pas remarquer sa retraite vers la porte. Toutefois, alors qu'il s'apprête à saisir la poignée, il s'entend rappeler.

— Oui, mère ?

— Ne t'avise pas de faire quoi que ce soit qui ternirait le nom que tu portes.

— Vous ai-je jamais donné l'occasion d'avoir honte de moi ? répond-il d'un ton aigri.

Sa mère ne daigne répondre. Après un moment, François quitte la pièce en fulminant. Il rejoint son valet dans la cour. Tous deux sortent des murs de Paris dans l'heure qui suit.

* *

*

   iPod et minijupe au 18ᵉ siècle

Le bruit de la porte d'entrée la fait se redresser et réarranger le pli de sa robe. Elle dépose *Émile* dont elle n'a pas réussi à tourner une seule page. Contre toute attente, la porte du boudoir ne s'ouvre pas sur le comte. En son lieu et place entre Jacinthe, une enveloppe à la main.

— Il y a un message pour vous, Mademoiselle.

La déception se peint sur le visage de Sophie. Elle a l'intuition que ce message l'avertit de l'incapacité dans laquelle se trouve le comte de venir.

« Pire ! Il ne viendra pas ni ce soir, ni les soirs qui suivront », lui permet de conclure une première lecture de la lettre. « Ah c'est vraiment trop moche. Juste au moment où ça commençait à aller bien entre nous ! »

Elle reprend le papier et se met à disséquer chaque phrase, chaque ligne de sa main. Son cœur manque un battement lorsqu'elle prend conscience de la raison du départ.

« Défendre des navires marchands contre des pirates. Mais c'est dangereux cela ! Le simple fait de traverser l'océan sur ces coquilles de noix tient de la témérité. Il dit qu'il s'absente pour quatre mois, ce qui met son retour en novembre. L'Atlantique doit être féroce à ce temps de l'année. Et puis, si les pirates et la mer l'épargnent, il reste encore la maladie. Les officiers doivent être mieux traités que les matelots, ce qui n'a pas empêché cet officier que le comte va remplacer de contracter une méchante fièvre. Quatre mois sans lui vont être horribles. Mais qu'est-ce qui me prend ? Pas plus tard que ce matin, je le tenais pour le plus assommant des hommes ! Est-ce que je n'ai qu'à le toucher ou à le voir torse nu pour tomber bêtement amoureuse de lui ? Je me demande de quoi il aurait l'air dans un tuxedo, les cheveux coupés convenablement, pour le 21e siècle bien sûr. »

L'image qui lui vient en tête lui plaît. Son sourire s'accentue lorsqu'elle se le représente sans le tux.

« Sophie, ça suffit ! Y a-t-il plus que cela qui m'attire à lui ? Hum… J'aime bien nos discussions. Dans le fond, il est plus ouvert aux idées nouvelles qu'il ne le dit. Du moins, m'écoute-t-il ! J'en connais plus d'un qui m'aurait déjà accusée d'hérésie. Pourtant, c'est justement ce dont il m'a menacée au début. Que ferait-il s'il connaissait mon passé ? Je le vois mal en colporteur de ragots. Mon opinion de lui a changé. Il me faut être honnête avec moi-même. J'en suis tombée amoureuse, ni plus ni moins. Je l'aime pour sa compagnie distrayante, son humour piquant, ses idées conformistes, ses rêves, ses blessures, sa loyauté. En tout cas, une chose est certaine. Je m'ennuie sans lui. J'aimerais qu'il soit là ce soir pour me dire que les femmes ne sont que de la chair à produire des héritiers, ou n'importe quoi d'autre de choquant. Oh, François, surtout ne vous faites pas tuer ! »

*   *
*

Extrait du journal intime de François Philippe Emmanuel Maillard, comte de Besanceau.

Le 12 août 1768

… Le gigot d'agneau dont on me fit les louanges s'avéra digne de sa réputation.

L'auberge de la Toison d'or se trouve en surplomb de la ville et de ma fenêtre, il m'est permis de voir une bonne partie de la campagne environnante. Un verre de vin à la main, j'écris ces lignes en admirant le coucher de soleil. Il lance ses dernières flammes de la journée, ce qui a pour résultat d'embraser les nuages à l'horizon. Le ciel se marie au vert et au jaune des coteaux, offrant à la vue un spectacle réconfortant et resplendissant.

J'attends avec impatience le départ de la servante venue il y a quinze minutes changer les draps qui, selon elle, avaient besoin d'être aérés. Chaque fois que je vérifie son progrès, je la surprends dans une position peu convenable. La dernière fois, je la vis à quatre pattes à travers le lit en train d'ajuster un coin de l'édredon. L'échancrure de sa blouse pendait de façon à faire coïncider l'axe de la courbe avec la ligne de visée de mon regard.

Je fus à même de constater qu'elle ne portait rien d'autre sur sa poitrine que cette blouse mal ajustée. Elle leva la tête et me lança un sourire qu'elle voulut aguichant. Je me gardai bien de lui répondre.

Les manigances de cette soubrette ne font que me rendre plus pénible l'absence de Sophie. Comme il serait agréable de partager ce vin et ce coucher de soleil avec elle. Que dirait-elle si elle était ici avec moi ? Quelque phrase sublime d'un auteur inconnu, sûrement !

Olivier me dit amoureux. Pour la première fois, j'apprécie la compagnie d'une femme mais est-ce que j'en suis amoureux ? J'aime nos discussions, ses reparties, son enthousiasme, sa soif de savoir, ses anecdotes. Ce n'est pas de l'amour que je ressens, c'est de l'amitié. Le fait qu'elle soit une femme n'a pas d'importance. C'est plutôt un accident. J'ai tout simplement rencontré un être des plus intéressants, qui a eu le malheur de naître dans un corps de femme.

Pourtant, comment expliquer ce besoin que j'ai de la prendre dans mes bras et de la caresser ? Cette servante s'offre à moi, mais c'est Sophie que je veux sentir dans mes bras, couvrir de baisers, protéger du monde entier. J'aimerais être son prince charmant, son ami, son confident, son amant, son époux.

Je relis le dernier mot que je viens d'écrire et je suis déchiré par les désirs, contradictoires,

     iPod et minijupe au 18ᵉ siècle

de le rayer et de le souligner. Comment pourrais-je prétendre devenir son époux après la façon dont je l'ai traitée? Elle me considère comme un ennemi et ne me dira rien de son passé, de peur que je m'en serve contre elle. C'est d'ailleurs ce dont je l'ai menacée. Aurais-je mis ma menace à exécution? Non, je ne veux pas lui faire de mal. Je veux être son ami. Je crois tout de même qu'il y a dans son passé quelque chose qui, mis en lumière, pourrait lui nuire, mais ne puis plus imaginer qu'il s'agisse d'un crime ou d'une filouterie, comme je le supposais au début. J'aimerais savoir ce qu'elle cache, pour mieux la protéger. Pour cela, il faut qu'elle apprenne mon changement de sentiment à son égard, qu'elle me fasse confiance. Peut-être devrais-je lui écrire?

CHAPITRE 12

L'émeute

« Cela donne un avant-goût de la Révolution », pense Sophie.

Elle se tient appuyée à la balustrade du perron du brocanteur. Elle a dû jouer des coudes pour atteindre le magasin. Curieuse, elle s'enquiert des raisons de l'attroupement pendant que Nicolas se faufile à l'intérieur pour négocier les prix de certains articles dont elle a besoin pour ses *découvertes* scientifiques. Un petit homme qui a l'air de s'amuser comme au théâtre la met au courant des événements.

On se plaint fort, en cette fin d'après-midi, de la cherté du pain et encore plus de sa rareté. La foule a trouvé un bouc émissaire en la personne du boulanger local qui, un quart d'heure auparavant, a voulu fermer boutique pour cause de pénurie. La longue file de clients scande sa colère en crescendo. Trois ou quatre fiers-à-bras, plus ingénieux ou plus brutaux, défoncent la porte de l'arrière-boutique et s'emparent de plusieurs fournées mises de côté pour une clientèle plus solvable. Bandits magnanimes, ils le distribuent gratuitement. La populace afflue vers cette multiplication des pains et saccage la boulangerie en moins de temps qu'il n'en faut pour crier : « Allez chercher la milice ! »

La provision de miches ne dure pas et l'exaspération de la foule, attisée par les trois agitateurs, se reporte sur le boulanger. Le badaud pointe du doigt l'affameur qu'on entraîne rudement vers les marches de la fontaine afin de mieux l'exposer à la fureur de la foule. Sophie porte son attention vers le centre de la place où un semblant de procès évolue rapidement vers une condamnation.

— Mais il faut faire quelque chose ! s'écrie-t-elle. Ces déchaînés vont le tuer.

— La milice a été appelée, répète son compagnon. Et puis voilà la cavalerie au bout de la rue ! Vous la voyez ? Elle va balayer tous ces bons-à-rien de la place.

— Qu'elle se presse ou il sera trop tard.

— Que font-ils ? On dirait qu'ils envoient un officier pour discuter. Ce n'est pas l'habitude de la milice de parlementer. Elle fonce et discute après. Tiens, j'aperçois un civil qui l'accompagne.

Sophie ouvre grand les yeux lorsqu'elle reconnaît le comte de Besanceau. Elle n'a plus eu de ses nouvelles depuis qu'il est parti pour la Martinique, il y a maintenant près de quatre mois. Elle a même eu le temps d'aller à Toulouse et d'en revenir. Son soulagement de le voir vivant se mêle d'une touche de déception, alimentée par le regret qu'il ne soit pas venu la voir dès son retour.

Sophie voit les deux cavaliers atteindre le groupe tenant le boulanger prisonnier. L'éloignement empêche les mots de parvenir jusqu'à elle. Elle interprète les mouvements de moulin à vent du lieutenant de milice comme des ordres de se disperser, et les gestes plus calmes de François comme des efforts de médiation. Le milicien perd patience et pointe bientôt son pistolet vers celui qui semble être le chef des vandales. Un des fauteurs de troubles dévie l'arme, d'un coup de bâton, et la balle se perd dans la toiture de la maison en face. Quatre ou cinq hommes s'agrippent au lieutenant pour le désarçonner. Aux abords de la place, la cavalerie déduit du coup de feu et de la disparition de son commandant qu'il est temps d'intervenir. Elle charge. Des miliciens oublient la consigne de tirer au-dessus des têtes. La fusillade sonne le glas pour le boulanger et le lieutenant. Le premier est égorgé au cri de « justice est faite ». Le deuxième se débat contre deux ruffians qui l'immobilisent pour qu'un troisième le poignarde au cœur.

Au moment où le lieutenant chavire dans le flot humain, François se voit lui aussi agressé. Toujours en selle, il dégaine son pistolet, mais deux hommes l'empoignent à gauche et l'entraînent au sol. Dans sa chute, il perd l'arme qu'un de ses assaillants s'empresse aussitôt de ramasser. En un clin d'œil, il passe de viseur à visé et n'échappe à la balle qui frappe le pavé qu'en roulant prestement sur le côté. Deux costauds lui sautent dessus et le frappent au ventre. À coups de pieds, de coudes et de poings, il parvient à se dégager. Il s'élance vers son cheval, sinon pour fuir du moins pour dégager son épée du fourreau qui pend au flanc de l'étalon. Quelqu'un le devance, enfourche sa monture et part au galop sans beaucoup de respect pour les piétons qui ont le malheur de se trouver sur son chemin.

Le comte se trouve à nouveau encerclé. La peur lui crispe le ventre qu'il a déjà douloureux à la suite des coups qu'il a reçus. La sueur brouille sa vision. Il a une envie quasi irrésistible de se jeter à genoux pour implorer miséricorde, mais la futilité d'une telle action lui apparaît. La bravoure est son unique recours. Il garde donc un air de détermination et de sang-froid qui s'accorde mal au tumulte de son cœur. Le poignard qu'il garde à l'intérieur de sa botte se rappelle à son souvenir ; il le saisit pour agrandir le cercle des émeutiers autour de lui.

Sophie pousse un cri d'horreur en voyant le comte tomber de son cheval et elle descend à toute vitesse les marches du perron, sourde aux cris qui lui conseillent de venir se barricader dans la boutique du brocanteur. Elle

                              iPod et minijupe au 18ᵉ siècle

avance à contre-courant, fendant la foule qui tente de fuir l'assaut de la cavalerie. Bousculée, risquant le piétinement, Sophie progresse néanmoins d'une manière « brownienne » vers la plate-forme de la fontaine. Une éclaircie momentanée lui permet d'entrevoir le comte aux prises avec trois fiers-à-bras. Deux d'entre eux ont un couteau. François les repousse tour à tour. Sophie redouble d'ardeur pour franchir la dernière branche du torrent de corps en mouvement. Elle atteint la « rive » juste à temps pour capter l'éclair de la lame qui se perd dans le flanc du comte. Il est à ce moment-là retenu aux épaules par deux assaillants. Son hurlement se fond avec le « non ! » strident qui surgit de la gorge de Sophie. L'attaquant dégage son couteau d'un coup sec pendant que les deux autres abandonnent leur emprise. François tombe sur les genoux. Il s'appuie au sol de la main droite encore crispée sur son poignard et, de la main gauche, presse son côté pour endiguer le flot de sang. Fermant les yeux pour contrer la douleur, il est sans défense. Ses bourreaux décident toutefois de décamper.

Sophie se précipite vers le comte, s'accroupit près de lui en lui touchant légèrement l'épaule. Se croyant de nouveau menacé, il change d'appui pour brandir son couteau. Son geste s'arrête net, la pointe de la lame à deux pouces du menton de son nouvel ennemi. Haletant et hagard, il murmure :

– Sophie ?

Troublée et marquant un recul, Sophie se reprend et s'exclame avec émotion :

– Oh, François ! C'est affreux. Vous êtes blessé. Il vous faut un médecin, sur-le-champ.

Elle se relève en criant à la ronde :

– Au secours ! À l'aide ! Cet homme est blessé. À l'aide !

François la saisit par le poignet et l'oblige à redescendre à son niveau.

– Sophie, écoutez-moi. La cavalerie va bientôt être ici. Fuyez. Il n'y a pas un instant à perdre, halète-t-il.

Entend-elle la supplique ? Elle n'en laisse rien paraître et lui offre son mouchoir :

– Tenez, appuyez cela sur votre blessure. Il faut arrêter le sang.

Elle va recommencer à réclamer de l'aide lorsque François la retient.

– Morbleu, Sophie ! Vous ne m'avez pas entendu ? Fuyez pendant qu'il en est encore temps. Vite. Je vais me débrouiller. Je ne ferais que vous ralentir. Partez.

Cette fois le message est enregistré, car Mademoiselle de Mouchel s'indigne.

– Fuir ! s'écrie-t-elle. Et vous laisser vous vider de votre sang sur le pavé ? Pour qui me prenez-vous ?

– J'entends la cavalerie approcher. Ils fusillent ou pourfendent sans discrétion quiconque se trouve sur leur chemin. C'est trop dangereux.

— Nous sortirons ensemble de cette place ou nous n'en sortirons pas du tout.

François lit la détermination dans les yeux de la jeune fille et capitule en disant :

— Tête de mule ! Alors, ne restons pas ici.

— Nicolas se trouve au magasin de l'autre côté de la place, rejoignons-le.

— Ça n'ira pas. Je peux voir d'ici le magasin barricadé et le propriétaire qui en refuse l'entrée. De toute façon, pour l'atteindre, il faudrait traverser cette foule qui, dans quelques minutes, sera la proie de la cavalerie. Il vaut mieux suivre le flot dans la direction opposée.

— Mais blessé comme vous l'êtes, vous ne pourrez pas marcher !

— Il le faudra bien. Je devrais y arriver s'il m'est permis de m'appuyer sur vous. La vie a de ces revers ! La dernière fois, c'est moi qui vous supportais. J'espère que votre cheville est rétablie.

— Complètement. Venez.

Serrant les dents et appuyant toujours la main gauche à son flanc, François entoure les épaules de la jeune fille de son bras droit. Elle l'enserre à la taille, de son bras gauche. Le comte tente un premier pas. La douleur qui le scie en deux semble couper le lien entre son cerveau et ses jambes. Le vertige se dissipe suffisamment pour lui permettre d'avancer d'une façon mécanique. Il se retourne souvent pour vérifier le progrès de la cavalerie. La distance rétrécit entre eux et les chevaux. Sophie n'a d'yeux que pour le visage crispé et inondé de sueur du blessé; elle en oublie presque la trahison de sa cheville, dont elle a vanté à tort la complète guérison.

Bousculés, ils s'engagent dans une ruelle étroite. Un coup d'œil à l'arrière permet à François de voir un cavalier se frayer un chemin à coups de sabre. S'étendre le long des maisons, au risque toutefois de se faire piétiner, apparaît comme la seule façon de l'éviter. François se laisse tomber sur les genoux en entraînant Sophie. Celle-ci, ne comprenant pas, veut le relever. Il utilise toutes ses forces pour la retenir dans ses bras en lui hurlant l'urgence de l'imiter. Elle cède à sa pression une seconde avant que la lame ne lui tranche le cou. L'homme qui la suit récolte la moisson d'infortune que le sort et le comte lui ont épargnée. Le front du malheureux s'orne d'une entaille profonde et son sang gicle sur le couple enlacé à ses pieds. Sophie crie d'horreur et colle son visage sur la poitrine du comte. Il emmêle ses doigts dans la chevelure bouclée de la jeune fille et la presse contre sa poitrine pour lui cacher l'orgie de sang versé par le soldat. Il la retient à la taille avec l'autre main pendant qu'elle l'enserre elle-même dans l'étau de ses bras tremblants. Pendant quatre mois, il a rêvé d'un moment où il l'enlacerait ainsi, mais le reste du tableau l'empêche de savourer cet instant. Il juge plus sûr de déguerpir lorsque la foule, lasse de subir, désarçonne le cavalier

     iPod et minijupe au 18e siècle

et retourne le sabre contre lui. François presse Sophie de se lever et de l'aider à sortir de la ruelle. Ils aboutissent sur une petite place murée d'un côté par la façade d'une chapelle.

— Prenons refuge dans cette église, s'exclame-t-il.

La porte en est barrée. Sophie tambourine de son poing sur le lourd battant en appelant à l'aide, pendant que François s'adosse au mur à côté. Elle le voit glisser doucement et tente de le retenir par les aisselles. Ses cris redoublent. Enfin, elle voit ses efforts récompensés en entendant une voix de l'intérieur demander s'ils sont armés.

— Non, nous ne sommes pas armés, précise-t-elle. Mon compagnon est blessé. Ouvrez, je vous en prie. Par pitié. Il est à bout. Il a besoin d'un médecin.

Le battant s'entrouvre et Sophie ne laisse pas au portier le temps d'évaluer le danger. Elle force leur entrée dans l'église. François requiert de nouveau l'appui de la jeune fille. Leur fuite a drainé le peu d'énergie qui lui restait et les chandelles dansent devant ses yeux. Un vicaire leur bouche le passage. Sans préambule, Sophie exige un lit et des pansements pour le comte. Le prêtre, sec comme un épi de blé pendant la canicule, la dévisage et, avec hauteur, l'interrompt :

— Mademoiselle ! Est-ce que vous savez où vous êtes ?

— Euh, je sais bien que nous ne sommes pas dans un hôpital, mais peut-être que le presbytère a des...

— J'ose espérer que votre acte de profanation s'explique par le dérèglement des sensibilités auquel les femmes sont souvent sujettes.

— Acte de profanation ? Qu'est-ce que j'ai fait ?

— Faut-il vraiment vous rappeler que les dames doivent se couvrir dans un lieu sacré ?

François sent Sophie se raidir sous son bras. Elle donne libre cours à sa colère.

— Espèce de misogyne d'autel ! Hypocrite à soutane ! Cet homme a besoin de soins urgents. Il se vide de son sang et tout ce que vous trouvez à me dire, c'est qu'il me faut un chapeau ! Ma perruque et mon chapeau doivent être complètement piétinés sur la place publique à l'heure qu'il est...

— Sophie, je vous en prie, l'interrompt François d'un ton las et suppliant. Je crois avoir un mouchoir dans ma poche gauche. Peut-être pourra-t-il servir ? Tenez, le voici.

Elle comprend, à la pâleur du comte, qu'il vaut mieux ravaler sa rancœur. Sans un mot, la jeune fille prend le mouchoir, heureusement de bonne taille, et y enferme ses boucles. François demande où il peut s'étendre. Le prêtre lui suggère la nef ouest qu'il considère moins bondée. S'habituant à la demi-obscurité, le couple peut maintenant constater que d'autres ont choisi l'église comme asile. Le prêtre leur avoue être incapable de leur fournir des pansements. Sophie, étrangement, demande du vin ou un alcool quelconque. D'un air offusqué, le vicaire souligne que le seul vin dans l'église est consacré et n'est nullement destiné à la consommation. Il se radoucit lorsque Sophie le rassure :

— Je ne veux pas le boire, mais l'utiliser pour nettoyer la blessure du comte. Jugeant maintenant qu'il a affaire à une dévote croyant fermement au pouvoir guérisseur de la bénédiction, il tente de l'amadouer :

— Je ne peux pas vous permettre d'utiliser le sang du Christ à cette fin, mais vous pouvez très bien asperger la blessure de Monsieur le Comte avec de l'eau bénite que vous trouverez à l'entrée. Cela aura le même effet.

— Certainement pas ! s'écrie Sophie. Tout le monde trempe ses doigts dans cette eau-là, en entrant. Elle doit être pleine de microbes et complètement infecte !

François juge bon de suggérer d'aller vers la nef ouest avant que le représentant de l'église ne les jette à la rue. Dans un coin un peu à l'écart, François se laisse glisser au sol. En soupirant, il s'étend à même la dalle glacée. Sophie s'accroupit à côté de lui. Il ferme les yeux quelques instants et les rouvre brusquement lorsque Sophie dit :

— Maintenant, voyons cette blessure. Il faut continuer d'appliquer de la pression sur la plaie pour arrêter le sang de couler. J'ai besoin d'un pansement très serré, le plus propre possible. J'aimerais pouvoir nettoyer votre blessure à l'alcool ou, faute d'alcool, avec de l'eau qui aurait été bouillie. Cela semble impossible.

— À tous vos talents, ajouteriez-vous celui de la médecine ?

— Non, malheureusement. Je souhaiterais bien être médecin à cet instant précis.

Sans plus attendre, elle déboutonne le manteau et la veste du comte. François lui saisit les doigts.

— Ne trouvez-vous pas l'endroit mal choisi pour me déshabiller ?

— N'êtes-vous pas blessé qu'au côté ? Soyez sans crainte, je n'irai pas plus loin.

Le comte a un petit rire pudique et plaisante :

— Encore une chance !

Sophie a maintenant sous les yeux la chemise écarlate, seule barrière entre la chair lacérée et l'air froid de la nef. Elle s'arrête.

— Cela ne sert à rien de soulever votre chemise si je n'ai pas de pansements pour l'y substituer, dit-elle, presque pour elle-même.

Sophie se dresse. Alarmé, François se soulève sur les coudes en disant :

— Que comptez-vous faire ?

— Aller chercher des pansements là où il y en a.

— Vous n'allez pas ressortir dans le cœur de l'émeute. Je vous l'interdis.

L'inquiétude qui perce dans la voix du comte réchauffe le cœur de Sophie. D'une voix douce, elle répond :

— Non, je vais faire un tour au confessionnal.

François la regarde partir, intrigué. Elle ressort du confessionnal avec une masse de tissus blancs dans les mains, qu'elle déchire en languettes. François demande :

— Qu'est-ce que c'est ?

— Mon jupon, articule Sophie, les dents sur une couture qui ne veut pas céder.

— Votre jupon ! pouffe le comte. Soulever vos jupes dans un confessionnal ! Vous ne respectez donc rien ?

— Si ! Je respecte la vie, pas les règles stupides.

François se laisse soigner sans se plaindre. Il admire la dextérité de son infirmière et frissonne sous la douceur de ses doigts. Sa blessure n'affecte pas le contentement de la voir près de lui, émue à en trembler par la déchirure dans son flanc.

Après avoir terminé son travail, Sophie s'assoit en appuyant la pointe de ses pieds contre le mur au bas duquel repose le comte. Elle enlace ses jambes repliées et pose son menton sur ses genoux. Un silence s'installe pendant ce premier instant de répit depuis leur rencontre. D'un air faussement désintéressé, Sophie pose enfin la question qui lui démange le bout de la langue :

— Êtes-vous de retour à Paris depuis longtemps ?

— Je suis rentré ce matin. Je n'ai même pas eu la chance de passer à mon hôtel. C'est pourquoi vous me voyez dans cet état lamentable : pas rasé, pas lavé, et avec seulement quelques heures de sommeil dans le corps depuis trois jours. Nous avons amarré à Saint-Malo, il y a une semaine. J'ai quitté cette ville dès que j'ai pu me libérer de la paperasse administrative. J'ai brûlé les étapes, car j'avais hâte de rentrer. Mon laquais doit être à mon hôtel à l'heure qu'il est. Je lui avais demandé de faire le détour par le quartier du Marais, pour éviter les encombrements avec la charrette des bagages. Je comptais piquer à travers la place des Vosges. Beau raccourci ! Je suis tombé sur la ligne de cavalerie qui se formait à l'entrée de la place. Je connaissais un peu le lieutenant, qui m'a expliqué la situation. Je lui ai proposé d'aller discuter avec les fauteurs de troubles avant que ne soit ordonnée une charge dangereuse pour les femmes et les enfants malheureusement assemblés sur la place. Il y consentit à condition que nous y allions ensemble. Je regrette maintenant de lui avoir suggéré de parlementer. Peut-être serait-il encore en vie ? Et vous, que faisiez-vous sur la place ?

— J'étais à court de fil de cuivre, répond-elle banalement. Nicolas était à l'intérieur du magasin que je vous ai indiqué. Il devait être en train de marchander.

    iPod et minijupe au 18e siècle

Une pause suit durant laquelle Sophie pondère l'étrange coïncidence qui l'a mise sur son chemin de retour. François hésite, puis se décide à éclaircir un point :

— Avez-vous reçu ma lettre ?

— Vous m'avez écrit ?

François se rembrunit et dit :

— Bon, je suppose que cela répond à ma question.

— Ah, à moins que vous ne vouliez parler de la note m'avertissant de votre départ pour Saint-Malo ?

— Non, non, je parle d'une lettre écrite trois jours après mon départ.

— Non, je n'ai reçu aucune lettre. Je suis désolée. Le courrier est si mauvais et puis je suis partie pour Toulouse. Peut-être ne m'a-t-elle pas suivie ? Que disait-elle ?

François se sent désemparé. Après avoir passé tant de temps à chercher une suite logique à cette lettre, voilà qu'il lui faut maintenant improviser, et ce, dans une situation où il n'a pas tous ses esprits.

— Hum, commence-t-il, je dissertais sur moi-même et sur les événements du jour.

— Il est quand même dommage que je ne l'aie pas reçue. Peut-être la recevrai-je un jour ?

C'est bien pour cette raison que François s'empresse d'ajouter en baissant les yeux :

— Je vous demandais aussi, dans cette lettre, s'il était possible de mettre un terme à nos hostilités. J'en ai assez de jouer l'ennemi. Je serai le premier à admettre que je me suis conduit comme une brute. Je vous ai insultée, menacée. Je le regrette. Je ne sais si le simple fait de m'excuser sera suffisant pour me faire pardonner. J'aimerais maintenant que vous me considériez comme un ami. Laissez-moi la chance de prouver que je peux mettre autant de zèle à être votre ami que j'en ai mis à essayer de vous nuire. Ne pourrait-on pas recommencer à zéro ?

Il lève les yeux vers elle. En refusant son offre de paix, elle peut le blesser plus cruellement que les voyous sur la place des Vosges. Il se sent vulnérable sans sa carapace de sarcasmes.

— Je ne veux pas oublier ce qui s'est passé pendant les six derniers mois…, commence-t-elle.

Le cœur du comte se serre.

— … car il me faudrait mettre de côté les bons moments, continue-t-elle. Avant votre départ, je n'ai pas eu suffisamment de temps pour vous remercier pour le pique-nique. Il me faut aussi vous faire mes excuses. Vraiment, je ne suis qu'une sotte. Je vous ai attribué les pires défauts dès notre première rencontre. Ensuite, j'ai été trop orgueilleuse pour admettre que mon premier jugement avait été erroné. Plusieurs événements m'ont donné à penser que vous ne vous conformiez pas au portrait que je me faisais de vous. Je vous ai traité de

   iPod et minijupe au 18e siècle

lâche et pourtant vous avez demandé au roi de punir sa maîtresse.

— C'était de la témérité et de l'inconscience. Ça n'a rien donné.

— Sauf vous faire agresser dans une ruelle.

— Qui vous a dit cela ?

— Madame de Trouvère. Elle a été plus loquace que vous ne l'aviez été, faisant elle-même le lien entre votre démarche auprès du roi et cet assaut.

— Je n'ai aucune preuve. Tout ce que j'ai entendu de mes assaillants, c'est que cela devrait m'apprendre à ne pas insulter les dames.

— Je maintiens tout de même ma conclusion. Je tiens la maîtresse coupable. Un jour, elle paiera pour ses crimes, quoiqu'il lui reste encore plus de vingt ans avant le jugement.

François hausse les sourcils en signe d'interrogation, comme chaque fois que Sophie prédit le futur avec une telle assurance. Elle perd son air songeur et lui accorde un doux sourire.

— Ouf, je m'égare. Pour en revenir à ce que nous disions au début, rien au monde ne me ferait plus plaisir que l'honneur d'être votre amie.

Un silence s'établit. François ne peut que se féliciter de ce dénouement. Il se sent envahi par un bien-être d'esprit et de cœur que son corps (surtout son flanc) n'arrive pas à partager. Avec un petit air timide qui lui est inhabituel, Sophie continue :

— Vous m'avez beaucoup manqué pendant ces derniers mois. J'écoutais avec appréhension les nouvelles qui nous arrivaient des ports. La mer est si cruelle. J'avais peur que… Je suis contente que vous soyez de retour.

Elle a un petit rire.

— Je dois avoir des tendances masochistes, continue-t-elle, car j'avais le goût de vous entendre dire des absurdités comme « les femmes ont été créées pour laver le plancher ».

— Qu'y a-t-il de si absurde là-dedans ? fait-il en feignant la surprise.

Sophie lui fait face, tout en dépoussiérant mentalement son arsenal de reparties. Elle voit alors l'éclat taquin de ses yeux. Elle part à rire. François fait de même. Toutefois, il s'arrête aussitôt en protégeant son côté. Sophie reprend son sérieux instantanément.

— Peut-être vaudrait-il mieux, suggère-t-elle, que vous essayiez de dormir. Moi, je reste ici.

— Cela vaudrait mieux en effet. Je suis désolé de vous fausser compagnie.

Elle répond d'un sourire.

* *

*

Et les corps s'empilent devant lui. De tas, la colline devient vite une montagne qu'il commence à escalader. Il entend *sa* voix. Des rigoles de sang coulent sous ses pieds comme neige écarlate fondant au printemps. Il ne peut s'arrêter, car elle l'appelle. Il monte, grimpe, s'agrippe. Il atteint le sommet et la voit, de l'autre côté d'une rivière mauve. Elle lui tend les bras. Il fait de même. Elle ne recule pas, mais semble s'éloigner tout de même. Il dévale la pente vers la rivière et déboule, tête première.

Lorsqu'il ouvre les yeux, un visage aux multiples mentons, marqué de petite vérole, les joues pendantes et la bouche en O, accapare son champ de vision. Elle râle, donc elle ne doit pas être morte. Il détourne la tête et la nef de l'église reparaît. Il voit le sol littéralement couvert de corps étendus. Il comprend cette fois qu'il ne rêve plus. Aux ronflements et bruits divers, il suppose que l'église s'est transformée en dortoir. Il cherche Sophie et la trouve endormie de l'autre côté, le dos tourné à un tas de chair masculine que Morphée a aussi touché. Il interpose son bras droit entre le gros dormeur et Sophie, tout en s'éloignant, par petits mouvements latéraux, de la ronfleuse à sa gauche. Dans son sommeil, Sophie veut rouler sur le dos. François, peu désireux de la voir se rapprocher du lourdaud, imprime une douce pression pour inverser sa rotation. Elle aboutit collée à son flanc droit, une main s'égarant sur sa poitrine et une jambe lui faisant office de couverture. Il n'ose plus bouger.

« J'aimerais me réveiller tous les matins, cette femme contre moi », pense-t-il.

Le poids de ses paupières l'oblige à se rendormir jusqu'à ce qu'un cri à l'entrée de l'église le fasse sursauter. Sophie se réveille et lui sourit, du rêve à la réalité. Elle veut s'éloigner en rougissant et en s'excusant, mais heurte son voisin qui, tel un gaz en expansion, a envahi l'espace devenu libre derrière son dos. Un grognement maussade du balourd la ramène à sa position initiale.

— Je m'excuse, balbutie-t-elle.

— Vous n'avez pas à vous excuser. Je préfère votre proximité à la sienne.

Du menton, il montre la ronfleuse à sa gauche.

— Et moi, la vôtre à la sienne, ajoute-t-elle en faisant allusion à son autre voisin.

— Vous me flattez.

Sophie lui rend son sourire, mais le perd aussitôt qu'elle touche le front du comte.

— Vous êtes brûlant !

Il ne dit mot et regarde ailleurs.

— Dès que le couvre-feu sera levé, nous pourrons partir, poursuit-elle. Hier pendant que vous dormiez, un homme est venu proposer ses services. Il a une charrette pas très loin. Il peut nous conduire chez vous. Vaudrait-il mieux faire venir un médecin jusqu'ici ? Nous pourrions aussi envoyer un messager quérir votre carrosse. Vous y seriez plus à l'aise que dans une simple charrette.

– Je vote pour la solution qui m'emmènera dans un vrai lit le plus rapidement possible. La charrette fera probablement l'affaire.

Il faut encore attendre deux heures avant que le comte puisse enfin s'étendre dans la charrette. Une fine couche de paille cache à peine le fond mal équarri de la caisse. Son manteau et une couverture donnée à contrecœur par l'aumônier amortissent quelque peu les multiples cahots du chemin. François serre les dents et ferme les yeux. Il cherche ensuite la main de Sophie et l'enferme dans la sienne. Chaque soubresaut de la charrette s'accompagne d'un resserrement de leurs doigts. Aux deux tiers du voyage, Sophie sent l'étau se relâcher. Il s'est évanoui.

Un soulagement intense envahit Sophie lorsque la charrette s'engage enfin sur la route menant à l'Hôtel de Besanceau. Une agitation près de l'entrée lui signale qu'ils ont été repérés. Quatre domestiques s'élancent pour soulever le comte et l'amener à l'intérieur. Sophie les exhorte à la douceur et répète qu'il faut aller chercher un médecin. Elle monte l'escalier à ses côtés et s'arrête au milieu, sous le regard froid d'une dame qui la dévisage d'un air hautain. Sophie présume qu'il s'agit de la mère de François, car l'éclat vert de ses yeux laisse peu de doute sur la source de ce trait génétique. L'aristocrate s'attarde aux cheveux courts de Sophie, que le mouchoir de François ne cache plus. Sa robe souillée de sang n'échappe pas à l'examen de la dame.

— Qui êtes-vous ? fait la comtesse d'un air glacial, en s'interposant physiquement entre Sophie et le comte qu'on transporte vraisemblablement vers sa chambre à coucher.

— Je suis une amie de François. Je m'appelle Sophie de Mouchel. J'ai été témoin de l'attaque au poignard que votre fils a subie, car je présume que vous êtes sa mère, n'est-ce-pas ? répond Sophie.

— Je suis effectivement la comtesse de Besanceau, et je n'apprécie guère votre familiarité.

— Je vous demande pardon de ne pas avoir observé les règles de convenance, mais étant donné les circonstances, il me semble plus urgent de soigner Monsieur le Comte, fait Sophie en repoussant ses épaules en arrière. Puis-je me permettre de vous faire part de mes observations sur son état ? Il a besoin de pansements stériles. Il faudrait…

— Il n'y a aucune circonstance qui justifie un manque de civilité. Inutile de me décrire l'état de mon fils. J'attends mon médecin personnel d'un instant à l'autre. C'est l'heure de sa visite quotidienne. Il ne saurait tarder. Ah ! Le voici justement.

Un homme à l'embonpoint évident s'affaire à rejoindre les deux femmes. Un peu essoufflé, il interpelle la comtesse avec déférence :

 iPod et minijupe au 18ᵉ siècle

— Madame la Comtesse ! Qu'est-ce que j'entends ? Vos domestiques me disent que Monsieur le Comte a été poignardé et que mes services sont requis immédiatement.

— Ceci est malheureusement le cas, répond la comtesse. Monsieur le Comte a été transporté dans sa chambre à coucher. Grégoire, mon laquais, vous y conduira.

— Docteur ! interrompt Sophie, laissez-moi vous dire que Monsieur le Comte a reçu cette blessure vers quatre heures de l'après-midi hier. Je n'avais aucun moyen à ma disposition pour refermer sa plaie et n'ai pu lui fournir des pansements stériles. J'ai remarqué qu'il avait une fièvre ce matin en se réveillant. J'ai donc bien peur que sa blessure ne soit infectée. Il a besoin qu'on nettoie sa plaie à l'alcool. Il faut bouillir...

Le docteur écoute la tirade de Sophie avec étonnement. Il décide qu'il a affaire à une hystérique et se tourne vers la comtesse.

— Puis-je vous demander d'envoyer prendre chez moi mon nécessaire à sutures. Si vraiment Monsieur le Comte a une fièvre, il pourrait avoir besoin d'une saignée. Il me faudra aussi mon équipement pour cela.

— Une saignée ! s'écrie Sophie, horrifiée. Mais il a perdu déjà tellement de sang. Madame la Comtesse, ne laissez pas cet homme toucher votre fils. Il va empirer son état !

La comtesse ne daigne répondre. Elle assure le docteur de sa pleine confiance et le presse d'aller au chevet de son fils. L'équipement suivra sous peu. Elle fait signe à son majordome, lui demande d'escorter Mademoiselle de Mouchel et de faire en sorte qu'elle ne remette plus les pieds à l'hôtel de Besanceau. D'un air royal, elle monte à l'étage.

*   *
*

— Il m'a fallu lui faire une saignée, rapporte le Docteur Marois à la comtesse. Il était très agité, pratiquement incohérent. Il faisait des requêtes des plus étranges, comme celle de verser du vin sur sa blessure. L'équilibre de ses humeurs est très affecté. Il ne cessait de demander une certaine Sophie. S'agit-il de la demoiselle que j'ai rencontrée ce matin ? Il vaudrait mieux, pour le bien-être du comte, que cette jeune fille ne soit pas autorisée à le visiter.

— J'ai laissé des directives à mon majordome à cet effet, répond la comtesse.

— Monsieur est calme maintenant et se repose. Il faut prier pour que la fièvre tombe et que la blessure ne s'infecte pas davantage. Je reviendrai demain pour changer ses pansements.

Le docteur ramasse le sac qui contient ses instruments médicaux et prend congé. La comtesse retourne auprès de son fils. Une servante veille à son chevet et, de temps en temps, rafraîchit le linge mouillé qui orne le front de François. Celui-ci semble dormir paisiblement ou être trop épuisé pour avoir la moindre réaction. La comtesse renvoie la femme de chambre et prend sa place à côté du lit. Elle entend du bruit venant de la pièce adjacente, qui sert de placard pour la chambre à coucher, et demande avec irritation qui est responsable de tout ce vacarme. Le valet du comte en sort, s'excusant avec effusion. Il vient tout juste de terminer de ranger les effets du comte. Victor s'apprête à sortir de la pièce lorsque la comtesse remarque qu'il transporte un manuscrit.

— Où apportez-vous ce manuscrit ? s'enquiert-elle.

— Il s'agit du journal intime de Monsieur le Comte. J'allais le ranger dans le secrétaire de la bibliothèque. C'est l'endroit où Monsieur le Comte le garde habituellement.

— Donnez-le-moi. Je le rangerai moi-même.

Victor n'a d'autre choix que de déposer le journal dans les mains de la mère de son maître.

* *

*

L'accueil qu'elle a reçu chez le banquier lui a un peu remonté le moral. Un bon bain et quelques repas plantureux ont fait le reste. Son humeur a atteint un plateau qui dépend des nouvelles en provenance de l'Hôtel de Besanceau. Nicolas est allé s'enquérir de la santé de François. Un domestique l'a informé que le comte n'a toujours pas repris conscience et que les visites sont interdites sur l'ordre du docteur. Plus de trois jours après l'émeute, Sophie regarde mélancoliquement par sa fenêtre lorsqu'elle entend un brouhaha à l'entrée. Elle descend, espérant des nouvelles, et arrive dans le salon où deux miliciens et leur supérieur discutent avec Élyse et Nicolas.

— Sophie de Mouchel ? s'étonne Élyse. La voici justement. Que lui voulez-vous ?

Le gendarme se tourne vers la nouvelle arrivante.

— Répondez-vous bien au nom de Sophie de Mouchel ? s'enquiert-il.

— Oui, c'est moi. Que se passe-t-il ?

— J'ai un mandat d'arrêt contre vous.

CHAPITRE 13

La détention

Sophie est reconnaissante à Nicolas d'avoir insisté pour l'accompagner au poste de police. Indigné, il harcèle chaque officier qu'il croit être en mesure de les éclairer sur les origines du mandat d'arrêt. Tous lui répètent qu'ils doivent parler au commissaire de police chargé du dossier. Les deux amis l'attendent donc, sous garde, dans une pièce à l'abri des curieux. Ils se perdent en conjectures sur les motifs de l'arrestation, ne voyant que l'émeute comme potentielle source de problèmes. Ils sont finalement admis auprès du commissaire. Appréhensive, Sophie s'assied, toute droite sur le bout de la chaise qu'on lui présente. Nicolas inonde le policier de sa fureur :

— Je suis outragé, Monsieur, par l'erreur monumentale que vos officiers sont en train de commettre. Nous attendons depuis près d'une heure des explications de cette inexplicable arrestation.

— Et vous y avez droit, répond le policier pour l'apaiser. Je suis certain que si Mademoiselle de Mouchel peut répondre de façon satisfaisante aux allégations contre elle, il n'y aura aucune raison de la retenir ici.

— Mais de quoi m'accuse-t-on à la fin ? interroge Sophie.

— De vous cacher sous une fausse identité, fait-il en croisant ses mains sur le bureau.

Sophie, armée d'un tas de répliques pour clamer son innocence durant l'émeute, ne peut cacher son désarroi. Elle se sent inexorablement attirée vers le trou noir des conséquences de son transfert au 18e siècle.

— Mais qui m'accuse d'une telle chose ? s'écrie-t-elle.

Elle regrette ces mots aussitôt lancés. Il aurait mieux valu réfuter l'accusation au départ.

— L'État vous en accuse, répond le policier. Nous sommes entrés en possession de correspondance entre le diocèse de Lyon et un individu qui menait une enquête sur vos origines. Vous lui auriez dit être née à Lyon, pourtant personne dans la région de Lyon ne connaît de famille aristocrate nommée de Mouchel.

— Qui est l'individu si inquiet de mes origines ?

— Peu importe, ce qui compte ...

— Cela m'importe. J'aimerais savoir qui m'accuse.

Le policier répond à contrecœur :

— La correspondance de Monsieur le Comte de Besanceau avec le diocèse de Lyon nous a alertés à vos activités. Monsieur le Comte est un homme respecté, dont les dires doivent être pris en considération.

— François ? fait Sophie complètement atterrée. Je ne peux pas le croire.

La combativité qui l'a soutenue jusqu'à présent l'abandonne. Nicolas se jette hors de sa chaise en hurlant son dégoût devant la traîtrise du comte.

— Que me faut-il faire pour vous prouver que je suis Mademoiselle Sophie de Mouchel ? fait Sophie après un moment, d'un air abattu.

Elle a parfaitement conscience qu'elle n'a aucun moyen de prouver qu'elle existait onze mois auparavant.

— Il vous faut votre certificat de naissance, des lettres de noblesse, ou une personne de bonne foi qui vous connaîtrait depuis plus de cinq ans et qui serait prête à jurer sur la Bible que vous êtes bel et bien Sophie de Mouchel.

— Cela va être difficile car, voyez-vous, je souffre d'amnésie. J'ai été agressée à mon arrivée à Paris. J'ai reçu un coup sur la tête. J'avais sur moi une lettre adressée à Sophie de Mouchel. J'ai présumé qu'il s'agissait de mon nom. J'ai de vagues souvenirs de la ville de Lyon. C'est pourquoi je croyais y avoir vécu. Monsieur de Charenton, ici présent, m'a prise en pitié lorsque j'errais dans les rues de Paris et m'a offert l'hospitalité.

Sophie débite sa faribole sans regarder le policier. Lorsqu'elle lève les yeux pour estimer les effets de son histoire sur le représentant de la loi, elle voit un océan de scepticisme dans son attitude.

— Et cette lettre à votre nom, vous l'avez conservée ? demande-t-il d'un air faussement détaché.

— Malheureusement non, elle avait été laissée dans la poche d'une robe qui s'est fait laver. La lettre est devenue illisible.

— Quel malheur en effet ! commente-il, sarcastique.

Il perd soudainement sa nonchalance à la prochaine question :

— Le nom de Jeanne Devers vous dit quelque chose ?

— Non pas du tout. Pourquoi ? répond-elle avec anxiété, car le changement d'attitude du policier l'inquiète.

— Il s'agit d'une condamnée à mort qui s'est échappée de la prison de Toulon, il y un an. C'était une brunette plus grande que la normale, dans la vingtaine. Elle avait empoisonné son mari.

— Et pourquoi me dites-vous cela ?

— Ne portez-vous pas les cheveux bien courts sous cette perruque ? Tout juste la longueur qu'ils auraient après la coupe des condamnés. Monsieur le Comte a noté que vous faites l'achat de produits plutôt insolites dans le quartier du Marais. Notre enquête

 iPod et minijupe au 18e siècle

auprès des marchands que vous fréquentez a
révélé que certains liquides que vous achetez
sont des poisons. Coïncidence ?

Perdant son calme apparent, Sophie
s'écrie :

— Je ne suis pas cette empoisonneuse.
Vous vous trompez.

— Comment le savez-vous ? Ne venez-vous
pas de me dire que vous avez perdu la mémoire ? ajoute-il avec un sourire en coin.

— Je sais dans mon cœur que je ne suis pas
cette femme. Je ne suis pas une criminelle,
énonce-t-elle avec conviction. Vous n'avez
qu'à faire venir un gardien de la prison de
Toulon qui l'aura connue, pour le confirmer.

— C'est bien là ce que nous avons l'intention de faire. En attendant, vous devrez accepter l'hospitalité de notre prison.

*   *

*

Sophie se croyait seule dans sa cellule
avant de surprendre deux souris dans un coin.
Elle s'assoit sur le banc allongé qui doit servir
de lit et ramène ses genoux sous son menton,
laissant ainsi le plancher libre pour les deux
autres locataires. Elle estime devoir sa tran-
quillité au statut de bourgeoise aisée que lui
vaut la protection du banquier. Les cellules de
l'étage inférieur lui ont paru bondées. La curiosité, la haine, la compassion, l'indifférence,

la peur et le sarcasme se miraient dans les regards. Elle s'enferme en elle-même, isolant maintenant son âme du monde extérieur.

« Est-ce possible qu'il m'ait trahie à la police comme il m'en avait menacée ? » pense-t-elle. « Lui qui me souriait et enlaçait mes doigts, il y a moins de quatre jours. Lui qui me disait vouloir être maintenant mon ami. Ai-je complètement mal interprété ses ouvertures de paix ? Je ne peux pas croire que je me sois trompée sur sa nature. Ou plutôt, je ne veux pas y croire. S'il me déteste tant, qu'il me le dise en face. Au moins saurai-je qu'il est en vie, qu'il se remet de sa blessure. Mais peut-être est-il mort ! Quelqu'un d'autre aura trouvé sa correspondance et s'en sert contre moi. Que va-t-il se passer quand ce gardien de prison viendra m'identifier ? Puis-je compter sur son honnêteté ? Est-ce que la justice de ce temps me condamnera en se reposant sur un seul témoignage ? Pourquoi, après avoir eu recours à des moyens pour le moins extra-ordinaires pour me permettre de rencontrer et chérir François, le destin me l'enlève-t-il ? Pour me prouver que je ne contrôle pas ma vie ? Je ne peux qu'imaginer le pire. »

CHAPITRE 14

L'appel à la rescousse

Le réseau de communication des domestiques informe Olivier que son ami, le comte de Besanceau, est rentré à Paris. À sa première visite, il est chagriné d'apprendre que le comte a reçu une blessure pendant l'émeute de la veille et n'a pas repris conscience. Il passe fréquemment à l'Hôtel de Besanceau pour demander les dernières nouvelles du blessé. Trois jours après l'attaque, on lui dit que la fièvre est finalement tombée et que les propos du patient sont maintenant cohérents, quoique laborieux. Le lendemain, le majordome lui annonce que le comte se sent assez bien pour le recevoir.

Dès son entrée dans la chambre à coucher, Olivier remarque la pâleur du comte. Trois oreillers lui permettent de soutenir une position assise. Une barbe de plusieurs jours masque ses joues creuses. Une odeur de sueurs et d'excréments persiste dans la pièce. Une chaise a été approchée du lit pour quiconque veille sur le comte. Olivier s'empresse d'y prendre place.

François en est à expliquer sa funeste décision de servir de médiateur dans le conflit entre le boulanger et ses clients, lorsque les amis entendent un tumulte venant du rez-de-chaussée. Ils ne discernent pas les mots qu'un homme vocifère à l'intention du majordome. Après un moment, Olivier va voir ce qui se passe. Il n'a pas atteint la porte de la chambre qu'elle s'ouvre avec fracas pour laisser passer Nicolas de Charenton, dans un état de pure colère.

– Traître ! Visage à deux faces ! Vous vous êtes servi de moi pour espionner Mademoiselle de Mouchel ! J'ai été assez niais pour croire à votre prétendue amitié, crie Nicolas. Vous vous êtes donné pour but de lui nuire, elle que vous avez jugée indigne de votre rang. Vous me dégoûtez !

Le majordome vient d'apparaître derrière lui, accompagné de Victor.

– Je suis désolé, Monsieur le Comte, fait le majordome. J'ai pourtant dit à Monsieur de Charenton que vous n'étiez pas en état de le recevoir.

Les deux hommes s'avancent vers Nicolas pour l'empoigner et le guider hors de la pièce. Nicolas se dégage d'un mouvement sec.

— Je ne partirai pas sans votre promesse de retirer la plainte contre Sophie, que vous avez faite à la police, déclare Nicolas.

— Je ne comprends pas du tout ce dont vous voulez parler. Je n'ai nullement porté plainte, répond François en essayant vainement de se soulever de ses oreillers. Je n'ai repris conscience qu'hier. Nicolas, calmez-vous!

— Avez-vous, oui ou non, contacté le diocèse de Lyon pour vérifier les origines de Mademoiselle de Mouchel? poursuit Nicolas.

— Oui, répond François hésitant, mais il y a plusieurs mois de cela. J'étais curieux. Je n'avais pas l'intention d'utiliser cette information pour lui nuire. Beaucoup de choses ont changé depuis…

— Comment se fait-il alors que votre correspondance ait abouti au bureau de police? interrompt Nicolas, pas encore adouci.

— Je n'en sais rien. Ces lettres sont sous clé dans mon secrétaire. Le seul avec qui j'en ai discuté est le marquis de Neval, ici présent.

L'attention des deux hommes se porte alors sur Olivier, qui jure n'avoir divulgué à personne les confidences de son ami.

— Non seulement la police a en main votre correspondance avec le diocèse, mais elle connaît la teneur de vos conversations avec Sophie ainsi que la nature de ses achats dans le quartier du Marais lorsque vous l'y avez accompagnée. Comment expliquez-vous cela? continue Nicolas.

— Je ne peux pas l'expliquer. Je vous jure avoir gardé pour moi les détails de nos rencontres. Je n'ai partagé mes pensées qu'avec mon journal intime.

À ces mots, le valet du comte prend une courte inspiration qui n'échappe à personne. Tous les yeux se tournent vers lui.

— Victor, avez-vous la moindre idée de la manière dont ma correspondance est parvenue au poste de police ? demande François à son valet. Est-ce que mon journal est toujours rangé dans mon secrétaire ?

Le valet cherche ses mots quelques instants avant de dire :

— Je n'ai touché à aucune correspondance de Monsieur le Comte. En ce qui concerne votre journal, Madame la Comtesse a exigé de le ranger elle-même.

Un silence pesant s'installe. La colère de Nicolas est remplacée par un sentiment de culpabilité. Après un instant, François prend la parole, d'une voix qu'il veut calme :

— Victor, pouvez-vous demander à Madame la Comtesse de bien vouloir venir ?

Après le départ de son valet, François s'adresse à Nicolas :

— Qu'est-ce que la police a fait avec ma correspondance et mon journal intime ?

— Elle s'en sert pour accuser Sophie de se cacher sous une fausse identité et pour la garder à la Conciergerie, jusqu'à ce qu'elle puisse prouver qui elle est vraiment.

— En prison ! Et sur la foi d'accusations de ma part ! On ne peut quand même pas emprisonner les gens sans preuve. Est-ce que Sophie est en mesure de prouver qu'elle est bien Sophie de Mouchel ?

— Non, Sophie a perdu la mémoire à la suite d'un coup sur la tête. Elle ne peut nommer qui que ce soit qui l'aurait connue avant son arrivée à Paris. Elle ne possède aucun papier.

François note que Nicolas évite de le regarder dans les yeux pendant cette explication.

— Je vois, dit-il, même s'il ne voit pas. Ils ne peuvent tout de même pas la garder en prison parce qu'elle a perdu la mémoire.

— C'est plus compliqué que cela. Les policiers pensent savoir qui elle est. Mais ils ont tort ! conclut Nicolas avec véhémence.

— Et qui serait-elle selon eux ? demande François, piqué de curiosité.

— Une jeune condamnée à mort correspondant vaguement à la description de Sophie s'est échappée de la prison de Toulon il y a douze mois. Je vous jure qu'il ne s'agit pas de Sophie, mais ils tiennent à le vérifier.

François se sent pris d'effroi. Certain que Nicolas connaît la véritable identité de Sophie, il s'accroche au fait que le jeune homme semble assuré qu'elle n'est pas cette évadée de prison. Un surplus de tension l'habite à la vue de sa mère qui fait une entrée digne d'une reine.

— François, ne croyez-vous pas que, pour quelqu'un en convalescence, vous entretenez bien trop de visiteurs ? Vos amis ont peu de respect pour l'état de faiblesse dans lequel vous vous trouvez, admoneste-t-elle.

— Mère, je vous sais gré de vous inquiéter de ma santé. Cependant, je recevrai qui je veux. Messieurs, pouvez-vous me permettre d'échanger quelques mots en privé avec ma mère ? Ne vous éloignez pas, car j'aimerais poursuivre notre discussion après cette conversation.

Nicolas et Olivier quittent bientôt la pièce.

— Mère, je ne suis pas en état de discuter longtemps, commence le comte. J'en viendrai donc directement à la raison pour laquelle je vous ai demandé de venir. Monsieur Nicolas de Charenton est venu m'annoncer qu'une de mes amies, Mademoiselle de Mouchel, est emprisonnée. L'accusation semble basée sur ma correspondance avec l'Évêque de Lyon et sur mon journal intime. J'aimerais savoir comment la police est entrée en possession de ces documents.

— Qu'est-ce que ce ton accusateur ? Ce n'est pas là une façon de parler à votre mère.

François soupire. La fièvre qui l'a alité pendant trois jours s'est à peine retirée. Il a besoin de sommeil pour reprendre des forces. Cette discussion avec sa mère ne peut pourtant pas attendre.

— Mon valet m'a dit que vous aviez insisté pour ranger mon journal intime vous-même, continue-t-il. Ne le niez pas. Pourquoi avoir porté une telle accusation contre Mademoiselle de Mouchel... car c'est vous qui avez apporté mon journal intime et ma correspondance au poste de police, n'est-ce-pas ?

La comtesse prend son temps avant de répondre. Le comte croit bon d'ajouter :

— Dois-je aller au poste de police pour savoir qui s'est emparé de mes effets personnels ?

— J'ai fait ce qu'il fallait faire, argumente la comtesse. Ce que vous hésitiez à faire. Cette impertinente est une criminelle qui fuit la justice, une empoisonneuse... et Dieu sait quels autres crimes elle a commis. Plus vite vous l'oublierez, mieux cela vaudra. Elle n'est pas digne de se trouver dans la même pièce qu'un Besanceau. S'associer avec des gens comme elle, c'est se souiller. Je ne vous le permettrai pas.

— J'ai passé l'âge, mère, où vous décidiez de mes fréquentations. Sophie n'est pas une criminelle. C'est une calomnie que de répandre de telles rumeurs. Elles sont sans fondement.

— Ma parole, vous êtes complètement aveugle. Cette fille vous aura ensorcelé. Elle vous aura fait prendre une de ces potions qui endorment le bon jugement.

— Mère ! Ne mêlez pas la sorcellerie à tout cela. Nous ne vivons plus au 17ᵉ siècle.

– Vous avez perdu la raison en ce qui concerne cette fille. Oui, j'ai lu votre journal personnel. Et ce que j'y ai lu m'a convaincue qu'il me fallait agir avant que vous ne décidiez de commettre la folie de l'épouser.

– Pour l'épouser, je n'ai besoin que de l'autorisation de Sophie, non de la vôtre.

Dans un boudoir au rez-de-chaussée, Nicolas et Olivier savourent une eau-de-vie de Cognac, lorsqu'ils entendent la porte du comte s'ouvrir et se fermer avec fracas.

CHAPITRE 15

La révélation

Le sourire qui illumine le visage de Sophie, à son entrée dans la cellule, laisse peu de doutes à François sur le plaisir qu'elle éprouve à le voir. Depuis qu'il a pris la décision de venir la visiter à la Conciergerie dans le dessein de plaider sa mise en liberté, il a imaginé une réception moins agréable. Elle est certainement en droit de se plaindre du traitement qu'elle a subi à cause de sa mère et de lui.

François a d'abord écrit au commissaire de police pour exiger le retour des documents qu'on lui a volés et le retrait de l'accusation faite en son nom contre Mademoiselle de Mouchel. On lui a remis sa correspondance et son journal. Le commissaire a toutefois refusé de rendre à Sophie sa liberté. L'État joue le rôle d'accusateur et se base maintenant sur ses propres enquêtes auprès des brocanteurs du Marais et des connaissances de la famille du banquier.

Le lendemain de l'entrée impétueuse de Nicolas dans sa chambre à coucher, le comte a décidé de venir en personne à la Conciergerie pour voir le commissaire et discuter d'un cautionnement. Il a repris suffisamment de forces pour se déplacer sur une courte distance à l'aide d'une canne. Loin d'approuver une telle sortie, Olivier a tenu à l'accompagner. Sa conversation avec le commissaire de police a laissé entrevoir une solution que François attend avec impatience de présenter à Sophie. Il a reçu la permission d'un tête-à-tête avec elle.

Sophie s'est élancée vers lui avec un cri de joie. Elle remarque très vite ses joues creuses et son équilibre précaire. Elle le guide vers une des deux chaises disposées autour d'une petite table. Il s'est emparé d'une de ses mains qu'elle se garde bien de lui réclamer.

— Je suis tellement heureuse que vous vous rétablissiez de votre blessure. Sans nouvelles, j'imaginais le pire, commence-t-elle.

— Sophie, comment pouvez-vous ne pas m'en vouloir après avoir passé quatre jours en prison par ma faute ?

— Est-ce vraiment par votre faute ? J'avais tant espéré qu'il y avait une autre explication.

— Malheureusement, c'est moi qui ai contacté le diocèse de Lyon et si je n'avais pas gardé un compte rendu détaillé de mes rencontres avec vous dans mon journal intime, ma mère n'aurait eu aucune information à fournir à la police…

— Votre mère ! C'est elle qui... Oh ! mon Dieu ! Je comprends maintenant. J'avais raison de croire qu'il y avait une autre explication. Pourquoi m'en veut-elle autant ?

— Peu importe. Le mal est fait. Et difficile à défaire. Les autorités n'acceptent pas de vous libérer sous caution. Elles sont convaincues que vous êtes cette évadée de prison.

— Je vous jure que je ne suis pas cette femme. Dès que le gardien de prison qui l'a connue me verra, il en témoignera. Et je serai libre.

— N'en soyez pas si sûre. Même s'il témoigne en votre faveur, la police peut continuer à vous attribuer un crime que votre amnésie vous empêche de réfuter. Tant que vous restez une pure inconnue, on ne vous laissera pas partir.

— C'est ridicule.

— Malheureusement. Cela n'arrive que trop souvent. Les lettres de cachet, elles, sont bien réelles. C'est pourquoi il faut une solution à votre incarcération. Provenant d'un aristocrate, ma parole a plus de poids que la vôtre. D'ailleurs, j'ai une idée.

— Une idée ?

— Ce qui vous manque est un nom, un nom reconnu par la société, un nom inscrit dans les registres.

— Mais j'ai un nom.

— Que vous ne pouvez pas prouver être le vôtre. Un nom que vous avez avoué emprunter d'une lettre. Un nom que vous avez oublié en même temps que votre passé. Il vous faut un nom noble pour calmer les sensibilités de l'aristocratie qui n'aime pas perdre la face.

– Et comment suggérez-vous que j'acquière ce noble nom ?

– Je vous propose de prendre le mien.

François attend avec appréhension de voir quelle expression va remplacer l'étonnement sur le visage de la jeune fille. La colère ? Le mépris ? La joie ?

Hésitante, Sophie réplique :

– Ai-je compris que vous voulez m'épouser ?

– Vous avez bien compris. Si vous acceptez de devenir mon épouse, mon nom vous permettra de quitter cette prison, vous protégera des mauvaises langues et vous ouvrira toutes grandes les portes de l'aristocratie.

– Mais vous n'y pensez pas sérieusement ! J'admire votre esprit d'abnégation. Je n'accepterai jamais de vous épouser pour m'éviter quelques mois de prison ou apaiser votre sentiment de culpabilité.

– Je vous répugne à ce point ?

– Je n'ai pas dit ça. Ne trouvez pas dans mes mots un sens qui n'y est pas. Nous avons déjà eu cette conversation. La raison principale d'un mariage est un amour réciproque.

François retombe sur sa chaise et en un soupir où font surface le dépit et l'amertume, il souffle :

– Et vous ne m'aimez pas.

— C'est vous qui ne m'aimez pas, répond Sophie impulsivement.

Écarlate, elle baisse les yeux. Après un court moment, elle sent sa main transportée vers les lèvres de François. Elle ramène son regard vers lui quand un doux baisemain lui effleure le bout des doigts.

— Sophie, si vous avez pour moi seulement la moitié de l'affection que je vous porte, dit-il doucement, je crois que ce mariage sera définitivement basé sur un amour réciproque. Croyez bien que je n'aurais pas demandé en mariage n'importe quelle jeune fille en détresse. J'avais déjà pris la décision de vous épouser pendant mon voyage vers la Martinique. Ce sont probablement ces intentions, confiées à mon journal, qui ont alarmé ma mère. J'y avais décrit mon désir de vous faire la cour. Je n'avais qu'une pensée : revenir à Paris pour vous voir. Je sais que je ne suis pas l'homme idéal que vous avez en tête, mais je vous offre tout ce que je suis.

Qui initie le baiser ? Surpris et ravis de l'absence de recul chez l'autre, ils s'embrassent d'abord timidement puis avec de plus en plus d'abandon, les yeux mi-clos.

— Je vois, Monsieur le Comte, que vous avez reçu une réponse affirmative, interprète narquoisement le directeur de la prison, entré brusquement dans la cellule. Le contraire m'eût étonné.

François et Sophie s'éloignent rapidement l'un de l'autre. Sophie reprend contenance en premier devant l'insinuation du directeur :

— En fait, je n'ai pas encore donné ma réponse, dit-elle résolument.

François blanchit, car malgré ce qu'ils viennent d'échanger, il ne se sent pas assuré du résultat de ses avances.

— J'accepte la proposition du comte à une condition, poursuit-elle.

— Vous êtes mal placée pour imposer des conditions, s'offusque le directeur.

— À quelle condition ? interrompt François, le cœur dans la gorge.

— J'aimerais une autre heure en privé avec Monsieur le Comte, dit-elle à l'adresse du directeur. Si dans une heure, celui-ci veut encore m'épouser, j'accepterai sa demande avec joie.

— J'accepte, répond le comte.

Le directeur soupire.

— Je suppose que nous aurons besoin d'au moins une heure pour convoquer l'aumônier et Monsieur de Charenton à la cérémonie. Je peux donc accéder à votre demande.

D'un signal de la main, le directeur commande aux gardes de le suivre. Le couple prête l'oreille au decrescendo de leurs pas.

— Qu'avez-vous en tête pour cette heure en privé ? commence François.

— Je tiens à ce que vous sachiez qui je suis. Je veux que vous preniez la décision de m'épouser en pleine connaissance de mon passé. Je ne veux plus avoir de secrets pour vous et je m'attends à la même franchise de votre part.

— Vous pouvez en être assurée. Avant que vous ne débutiez, laissez-moi vous assurer qu'il n'y a rien, non rien, qui puisse changer mes sentiments à votre égard. À moins bien sûr que vous ne me disiez que vous êtes déjà mariée ! continue-t-il avec appréhension.

— Je ne suis pas mariée. Il vaudrait mieux que nous nous rasseyions, car vous ne semblez pas très solide sur vos jambes. Ce que j'ai à vous dire ne prendra que quelques minutes, mais vous aurez besoin de toute l'heure à notre disposition pour vous en remettre.

Sophie prend une longue respiration, puis se lance :

— En fait, mon histoire ne tient qu'en peu de mots. Je suis née le 5 juillet 1991.

Sophie s'arrête et regarde intensément François. À sa grande surprise, rien ne vient. Il continue à la regarder attentivement, sans sourciller, prêt pour la suite.

— C'est tout l'effet que ça vous fait ! s'exclame-t-elle.

Perplexe, François se demande ce qu'il a manqué. Après un instant de réflexion, il note l'erreur :

— J'ai dû mal entendre. J'ai cru vous entendre dire que vous étiez née en 1691, ce qui vous donnerait 77 ans. Auriez-vous découvert la fontaine de jouvence, car je vous donnerais

moins que vingt ans ? J'ai moi-même vingt et
un ans.

— J'ai 19 ans et j'ai bien dit 91. En fait, j'ai
dit 1991, et non 1691, corrige-t-elle.

Cette fois le 9 est enregistré, car François
démontre des signes d'incompréhension.

— Vous voulez dire que vous n'êtes pas
née ?

— En quelque sorte, oui. La bohémienne
avait raison…

— Vous vous moquez de moi ! fait-il d'un
air blessé.

Sophie s'empresse de continuer.

— Laissez-moi vous donner plus de détails.
Je ne sais pas comment cela s'est produit, mais
il y a presque un an, je revenais de l'université.
Nous étions le 5 décembre 2009. Je me suis
soudain sentie prise de vertige. J'ai fermé les
yeux et lorsque je les ai rouverts, j'étais à Paris
devant Nicolas de Charenton en train de faire
ses prières. Nicolas vous dirait qu'il m'a vue
soudainement apparaître dans un tourbillon
de vent et d'étincelles, telle une apparition di-
vine. Depuis, il ne cesse de me vénérer comme
si j'étais la Sainte Vierge.

— C'est vrai ! Un jour, il m'a dit que vous
étiez une sainte.

— Voilà. Je ne sais pas comment ce voyage
dans le temps et dans l'espace a été possible.
J'ai eu beau me pincer jusqu'au sang, le rêve
n'a pas disparu. Je ne sais pas davantage comment repartir. Si vous acceptez ce fait, vous

verrez que s'expliquent tous les mystères des onze derniers mois. Personne ne me connaît. Je n'ai aucun certificat de naissance. Je peux prédire que la Corse fera partie de la France, car y naîtra un homme important de l'histoire de votre pays. Je peux résoudre un problème mathématique jusqu'ici sans solution. Que sais-je encore ? Les fils de cuivre servent à reproduire une invention du 19e siècle. Je peux me débarrasser des marquis en chaleur grâce à une méthode de combat japonaise appelée le judo, popularisée au 20e siècle. Je... Vous ne me croyez pas, n'est-ce pas ?

— Avouez que c'est plutôt invraisemblable.

— Il vous suffit de croire que je viens du 21e siècle et tout s'explique. Rien d'autre.

— Oui, mais c'est un gros morceau à avaler. Une fois le passage élargi, tout peut passer. Vous me diriez que l'homme a marché sur la lune, qu'il me faudrait vous croire !

Sophie se mord les lèvres. Ce n'est pas le moment de parler de Neil Armstrong et de ses pas historiques pour l'humanité. Elle ne mentionnera pas davantage Internet.

— Lorsque je suis arrivée, poursuit-elle, je transportais avec moi quelques livres scientifiques, des romans et un magazine que je pourrai vous montrer. Il y a, dans ce magazine, des photos qui risquent de vous étonner.

— Des photos ?

— Des illustrations créées à partir de la lumière réfléchie par les objets eux-mêmes. Il s'agit d'une substance chimique étendue sur du papier spécialement traité et qui réagit à la lumière. Ce procédé reproduit sur le papier un peu de ce que l'œil voit. Avec Élyse, j'ai essayé de faire de la photographie dans notre chambre secrète. Mes résultats sont loin d'être d'une grande précision, mais je pourrai vous en faire une démonstration. J'espère que lorsque je mettrai entre vos mains des objets tangibles qui viennent du futur, il vous sera plus facile d'accepter mon passé, qui est votre avenir. Pensez à tous ces anachronismes que vous ne pouviez expliquer !

C'est justement ce que François fait à ce moment-là. Et si c'était vrai ? Cela expliquerait son obsession du futur, son air de tout savoir, les sous-entendus de chaque conversation, son obstination à ne rien révéler de son passé. À brûle-pourpoint, il demande :

— En quelle année Monsieur Chopin a-t-il composé la *Fantaisie-Impromptu* ?

— Oh, je ne sais pas exactement. Au 19e siècle, en tout cas.

— Et *Les misérables,* en quel siècle est-ce que cela a été écrit ?

— Dix-neuvième siècle. Vous avez donc bel et bien ouvert ce livre quand Élyse a commis la bêtise de l'oublier sur la table du boudoir. Nous nous sommes longtemps interrogées là-dessus.

— Oh, je n'ai pas eu beaucoup de temps pour le lire, une page tout au plus. Il y était question de révolution et des tragiques spectacles de 93. Serait-ce la vengeance du peuple que vous ne cessez de prophétiser ?

— La prise de la Bastille aura lieu le 14 juillet 1789. Suivra le règne de la Terreur, avec son apogée en 1793. C'est inéluctable. Tous les signes avant-coureurs sont présents. Bien sûr, c'est facile pour moi de le dire.

— Puisque vous connaissez le futur, peut-être pouvez-vous me dire ce que je deviendrai ?

— Je ne connais pas l'histoire de tout un chacun. Je suppose que cela veut dire que vous n'êtes pas devenu célèbre, tout en ayant pu avoir une vie heureuse.

— Ah mais, il ne pourrait en être autrement, avec vous à mes côtés !

Cette dernière phrase est accompagnée d'un sourire tendre qui ramène la conversation à un niveau plus romantique. Sophie sent ses yeux se mouiller.

— Mon aventure ne vous a donc pas fait changer d'idée. Vous ne me prenez pas pour une folle ou une sorcière n'est-ce pas ? J'ai tellement besoin que vous me croyiez. J'ai tellement besoin d'un ami, d'un confident, de vous.

— Non, je n'ai pas changé d'avis. Ne vous l'avais-je pas dit ? Votre récit ne fait qu'asseoir mes convictions. Je n'avais pas tort de vous croire différente de toutes les femmes. Je serais le plus privilégié des hommes si vous acceptiez de m'épouser.

— Vous en êtes sûr ? Je ne serai pas une épouse conventionnelle. J'ai des idées bizarres, des idées d'égalité.

— Cela fait partie de votre charme. Je vois le mariage comme le privilège d'être votre compagnon pour la vie, la permission de vous protéger. Je ne vous demanderai rien d'autre que de respecter le nom que je vous offre.

— Et que j'accepte. J'ai peine à croire à mon bonheur. Je vous aime tant.

— Peut-être pouvons-nous maintenant continuer ce que l'entrée du directeur a interrompu ?

— Pourquoi pas ? répond-elle, complice.

Épilogue

Sophie soupire de satisfaction et ferme les yeux, ses boucles brunes éparpillées sur le ventre nu de François. Un feu immense réchauffe et illumine la moitié de leurs corps. L'autre moitié se laisse mordiller par le froid relatif du boudoir qui n'est séparé des rigueurs de février que par de lourds rideaux et des panneaux de verre teinté. Tendrement enlacés sur un tapis devant l'âtre, ils laissent doucement s'éteindre les frissons d'extase qui accompagnent cette nouvelle consommation de leur mariage.

Ils se sont unis à la sauvette, en présence de gardes, du directeur, d'Olivier et de Nicolas à titre de témoins. Pour l'occasion, Sophie portait la plus jolie robe qu'Élyse avait trouvée pour remplacer celle qui ne l'avait pas quittée pendant quatre jours. La mère de François n'a pas assisté à ce mariage qu'elle dénonçait. Quelques semaines plus tard, un garde de la prison de Toulon confirmait qu'elle ne ressemblait pas du tout à l'empoisonneuse.

Depuis ce jour béni, François se demande comment il a pu vivre sans elle à ses côtés. Par moments, comme celui qu'ils viennent tout juste de vivre, il se sent soudé corps et âme à cet autre être humain. Parfois, cependant, les yeux de Sophie se voilent et ses songes la transportent dans un monde où il n'existe pas, un monde qu'elle sait être à la fois son passé et leur futur. Elle n'a pas réussi à le convaincre complètement de son point de départ. Il sait qu'elle croit ce qu'elle dit. Il a décidé de jouer le jeu en attendant qu'une autre explication se présente. Il n'a pas l'intention de chercher cette autre explication activement, de peur de la trouver. Ce soir, en roulant une mèche des cheveux de Sophie autour de son doigt, il s'étonne de nouveau de son bonheur, de la place qu'elle a prise dans sa vie, du vide qu'était sa vie avant elle, du vide que serait sa vie si jamais elle…

– Sophie ?

– Hum… ?

– Si jamais quelqu'un venait te voir et te proposait un moyen de retourner au 21e siècle, que choisirais-tu ? Ta vie ici ou ta vie là-bas ?

Sophie part à rire :

– Tu choisis bien le moment de me poser une telle question. Peux-tu vraiment espérer une réponse non biaisée, après ce qui vient tout juste de se passer ?

– Sophie, je suis sérieux. Entre moi et le 21e siècle, que choisirais-tu ?

La voix de François se teinte d'une anxiété qui dissipe les brumes de l'assoupissement chez Sophie, la fait se redresser et le regarder dans les yeux.

— Pourquoi me faudrait-il choisir ? Pourquoi ne pas avoir les deux à la fois ? Peut-être que cette personne aurait les moyens de nous y envoyer tous les deux ? Et toi, choisirais-tu le 18e siècle seul, ou le 21e siècle avec moi ?

— Tu n'as pas répondu à ma question.

Sophie soupire et, d'un ton doux, elle le rassure :

— N'ai-je pas répondu à ta question le 3 novembre dernier en promettant d'être ta compagne jusqu'à ce que la mort nous sépare ?

François la prend dans ses bras et soupire :

— Pardonne mes doutes. J'ai parfois peur de ce monde inconnu qui t'habite.

— Je comprends cela. N'aimerais-tu pas le connaître ? Si justement il y avait quelqu'un qui savait comment nous y envoyer tous les deux, ne serais-tu pas curieux de le visiter ?

— L'aventure pourrait être intéressante, pourvu que je sois assuré de revenir ici, au coin du feu, quand bon nous semble.

— Je pourrais te présenter à mes parents. Je pourrais te montrer la télévision, les avions, le téléphone, Internet.

— Ah oui, je brûle d'envie de rencontrer ma belle-mère et de dire à ton père : « Pardon Monsieur, étant donné les circonstances, nous nous sommes passés de votre autorisation pour nous marier. »

– Ne te moque pas ! Ma mère est la douceur incarnée et puis, elle joue Chopin beaucoup mieux que moi. Je t'ai dit qu'elle est professeure de piano, n'est-ce pas ? Je ne suis pas la meilleure de ses élèves. Je partage plutôt les intérêts de mon père. Il est ingénieur civil. C'est de lui que je dois tenir ma passion des sciences. Oh, j'aimerais tellement les revoir, mais à quoi bon y penser ? Nous ne vivons plus à la même époque. Je suppose que cela veut dire qu'ils sont morts pour moi et que je suis morte pour eux. J'ai bien de la peine à admettre ce deuil. Ils me semblent à la fois si proches et si lointains. Quelquefois, j'ai l'impression qu'il me suffirait de claquer des doigts et zoom !…, je serais de retour là-bas aussi vite que je suis arrivée ici. Mais c'est impossible. Il vaut mieux ne pas y penser.

Elle ajoute, car elle peut voir les doutes de François refaire surface :

– Je me suis presque faite à l'idée de ne plus revoir mes parents, mais je ne peux pas concevoir vivre ailleurs, sans toi. Ne t'avise pas d'en douter.

François est satisfait. Il sait qu'il n'aura jamais à choisir entre les deux siècles et que la question est tout à fait hypothétique. Il considère le sujet clos. L'avenir lui donnera peut-être tort.

À propos de l'auteure

Née à Montréal, Louise Royer habite, depuis près de vingt-cinq ans à Mississauga, en banlieue de Toronto. Elle enseigne les sciences et les mathématiques à l'école secondaire MPS Etobicoke.

Ses études et sa carrière l'ont amenée d'un bout à l'autre du pays. Elle a d'abord étudié la physique à l'Université de Montréal où elle a obtenu un baccalauréat. Puis elle a fait son doctorat à Vancouver, au département d'océanographie de l'Université de la

Colombie-Britannique. Enfin, elle a poursuivi des recherches postdoctorales au département d'océanographie de l'Université Dalhousie, à Halifax, et au Centre canadien des eaux intérieures à Burlington, en Ontario.

Elle a d'ailleurs publié de nombreux articles dans des revues scientifiques avant de se consacrer à l'écriture de son premier roman, *iPod et minijupe au 18e siècle*, où elle a imaginé un scénario qui pouvait laisser libre cours à sa passion pour la science et l'inimaginable.

Pianiste, ceinture noire de judo, Louise Royer passe ses temps libres à chanter dans une chorale semi-professionnelle et à pratiquer ses sports favoris : patinage, camping, canotage et randonnée pédestre. Mais, sa véritable passion demeure sans contredit la lecture, et ce, depuis sa tendre enfance. Pas étonnant que le célèbre roman de Victor Hugo, *Les misérables*, accompagne Sophie au siècle des Lumières...

Table des matières

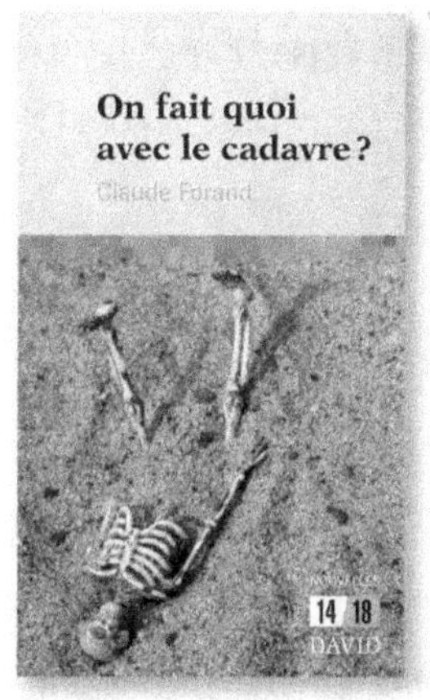

On fait quoi avec le cadavre ?

Nouvelles de
Claude Forand

Que feriez-vous si, en ouvrant le coffre d'une voiture, vous y découvriez un... cadavre ?

Que feriez-vous si vous appreniez que les hommes tatoués qui rénovent la maison de vos parents sont... d'anciens criminels ?

Que feriez-vous si on vous donnait l'occasion d'assister à vos propres... funérailles ?

Certains n'hésitent pas à franchir un seuil au-delà duquel la vie, ou parfois la mort, prend une tournure imprévue... Les personnages de ce recueil, le tueur professionnel, le voleur inexpérimenté, le justicier, le détraqué ou le fauché, ne connaissent pas cette limite et plongent tête première dans ce genre de situations toutes plus cocasses les unes que les autres.

Après son grand succès, *Ainsi parle le Saigneur* (Prix des lecteurs 15-18 ans Radio-Canada et Centre FORA 2008), Claude Forand propose ici treize nouvelles qui plairont aux amateurs d'histoires drôles et insolites.

ISBN 978-2-89597-110-8 — 168 p. — 14,95 $

Étienne Brûlé
Le fils de Champlain

TOME 1

Roman historique de
Jean-Claude Larocque et
Denis Sauvé

En 1608, Étienne Brûlé, âgé d'à peine 15 ans, embarque à Honfleur, en France, sur un navire, le *Don de Dieu*, avec à son bord nul autre que Samuel de Champlain. Destination : la Nouvelle-France. Très tôt, il deviendra le « fils spirituel » du célèbre explorateur. Étienne livrera bataille à ses côtés et l'impressionnera au point où Champlain lui confiera la délicate mission de rester tout un hiver auprès des Montagnais. Le jeune aventurier se liera d'amitié avec eux, apprendra leur langue, rencontrera la belle Shaîna, sera témoin de tortures et combattra les « Yroquois ».

En ce 400ᵉ anniversaire de la présence française en Ontario, Jean-Claude Larocque et Denis Sauvé présentent ici le premier d'une série de trois récits captivants sur les péripéties et les exploits d'Étienne Brûlé, ce véritable héros canadien-français, surnommé à juste titre le « Champlain de l'Ontario ».

ISBN 978-2-89597-119-1 — 136 p. — 14,95 $

Étienne Brûlé
Le fils des Hurons

TOME 2

Roman historique de
Jean-Claude Larocque et
Denis Sauvé

Dans le deuxième tome, on voit Étienne fouler et découvrir le sol de nombreux territoires ontariens, de la rivière des Outaouais jusqu'aux Grands Lacs canadiens (Ontario, Supérieur et Érié). Au cours de ses pérégrinations à travers le pays de la Huronie, cet authentique coureur des bois ne cessera d'exercer ses talents d'interprète auprès des Premières Nations.

Tout au long de sa vie, Étienne Brûlé aura été confronté à des défis rocambolesques. Le troisième tome abordera notamment les conflits entre notre aventurier et la mère-patrie tout en révélant la fin tragique que le destin lui a réservée.

ISBN 978-2-89597-130-6 — 14,95 $

La première guerre de Toronto

Roman historique de
Daniel Marchildon

Toronto, septembre 1916. Napoléon Bouvier, un jeune boxeur franco-ontarien, quitte le ring pour joindre les rangs de l'armée britannique en Europe. Il reviendra du front tourmenté par des blessures physiques et psychologiques, incertain de son avenir dans sa ville natale où règne un climat francophobe. Mais voilà que le soldat, qui croyait avoir échappé aux horreurs de la guerre, doit affronter un nouvel ennemi impitoyable et invisible : la grippe espagnole. En octobre 1918, la moitié de la population torontoise est touchée par le fléau et 50 000 personnes au pays en meurent. Napoléon a deux précieuses alliées : sa fiancée, Corine, qui aspire à devenir enseignante, et Julie, une infirmière militaire dévouée et pleine de compassion. Mais l'ennemi est de taille et cruel. Le soldat Bouvier pourra-t-il gagner cette première véritable guerre de Toronto et, si oui, à quel prix ?

ISBN 978-2-89597-119-1 — 136 p. — 14,95 $

Haïkus de mes cinq saisons

Évelyne Voldeng

Pour évoquer sa terre ontarienne et parfois le bout du monde, Évelyne Voldeng a choisi le haïku, cette forme poétique minimaliste d'origine japonaise.

Au cœur de sa forêt, elle a saisi dans le printemps, l'été, l'automne, l'hiver et la saison imaginaire, des moments privilégiés de l'impermanence du monde et de la fugacité des choses.

> Dans l'automne roux
> le raisin blanc des étoiles
> enivre la terre

> Le grillon des temps
> chante au cœur du vieil arbre
> l'été retrouvé

ISBN 978-2-89597-166-5 — 90 p. — 12,95 $

Couverture : photomontage d'après une photographie de
Patrick Bocquel (tournage de l'adaptation télévisée des
romans de Jean-François Parot, *Nicolas Le Floch*).
Photographie de l'auteure : Margie Mastrangelo
Maquette et mise en pages : Anne-Marie Berthiaume
Révision : Frèdelin Leroux